Karinka

Die

Bedienung

Abenteuer, Liebe, Betrug

KhBeyer

Novelle

von

KhBeyer

aus der Reihe

Der Saisonkoch

zu finden auf

dersaisonkoch.blog

oder

dersaisonkoch.com

Die Erzählung ist für

Erwachsene

18+

Vorwort

Eine ausgebildete Gastronomin aus Osteuropa sucht Arbeit und einen Lebenspartner in der Gastronomie Westeuropas. Sie trifft ihre Landsleute und Kollegen. Die arbeiten teilweise schon länger im Westen. In Folge der Pandemie, wird ihnen die Heimreise untersagt. Sie verbünden sich mit den Hotelbetreibern, um zu überleben. Sie gründen eine Genossenschaft. Karinka ist eine Liebesnovelle. Sie spielt wie alle Novellen von mir, in der Gastronomie. Alle Personen, Handlungen und Betriebe sind reine Erfindungen von mir.

Mit meinen Erzählungen, Kriminal- und Liebesgeschichten möchte ich Ihnen das Leben und die Verhältnisse von Saisonarbeitern in der Gastronomie der Alpenregion näher bringen. Diese Arbeit unterscheidet sich nicht groß von der Tätigkeit anderer Saisonarbeiter. Ich rede auch von Erntehelfern. Einen groben Unterschied gibt es jedoch. Die Arbeitszeit. Erntehelfer können sehr schlecht in der Nacht ausgebeutet werden. Nach dem ersten Arbeitstag, bestreitet ein Saisonarbeiter in der Gastronomie noch den Abenddienst. Der ist in etwa so lang wie der Dienst am Vormittag.

Hinweis

Beachten Sie bitte, mit der Freigabe der Deutschen Rechtschreibung durch die ehemals Sächsische Firma - Duden, nehme ich mir die Freiheit, meine Rechtschreibung dem Gefühl anzupassen. Wörter, die Sie sonst klein geschrieben vorfinden, schreibe ich der Betonung halber, mitunter groß. Die Sinnlosigkeit von drei gleichen Buchstaben hintereinander in einem Wort, lehne ich einfach ab. Ich beuge damit vorsätzlich das wirtschaftliche Diktat dieser „Reformanten".
Die Reform hat das Ziel, selbst unseren Hilfsschülern, langfristig einen kostenpflichtigen Studienplatz zu beschaffen. Das Ergebnis davon, sehen Sie in Ihren Parlamenten.

Die Familie

Karinka ist die Tochter von Fedor und Hana. Sie leben in Terchova. Das verträumte Städtchen im Norden der Slowakei bietet kaum Arbeit. Papa und Mama arbeiten bei einem Südkoreanischen Autobauer. Sie verdienen keine fünf Euro pro Stunde. Beide werden oft in Kurzarbeit versetzt. Des Alters wegen. Fedor arbeitet im Lager, Hana in der Betriebskantine an der Kasse.
Karinka möchte dieses Elend verlassen. Sie hat sich mit ihren Freundinnen unterhalten. Alle arbeiten in Österreich oder in Restaurants und Herbergen an den von Touristen befahrenen Straßen. Sie unterhalten sich oft über ihren Verdienst. Die Freundinnen, welche in Österreich arbeiten, reden das Blaue vom Himmel. Und das lockt Karinka an. Sie kann das Doppelte verdienen. Die Familie braucht das Geld.
Eine ihrer Freundinnen, Etela, arbeitet im Oberen Inntal. Sie hat Karinka eine Stelle im Hotel Lange Route vermittelt.
Die Schwester Karinkas, Edita, arbeitet in der Nähe von Wien. In einem bekannten amerikanischen Imbissbetrieb. Die zweite Schwester, Gizela, studiert noch. In Bratislawa. Sie möchte Zahnärztin werden. Das Studium

verschlingt das gesamte Einkommen der Familie. Gizela geht nebenbei arbeiten.

„Eine muss es schaffen", hat Papa Fedor gesagt. Er möchte das Häuschen der Familie behalten. Mit Europa kamen auch deren Gebühren für Wasser, Abwasser und Energie. Fedor holt sein Gas für die Familie noch in Flaschen. Ein Anschluss an das Netz wäre für die Familie unbezahlbar. Einen Teil ihres Abwassers lässt Fedor noch auf dem eigenen Grundstück versickern. Das Ende dieser Entsorgung droht. In der heimischen Gemeinde sitzen bayrische Berater. Die haben der Gemeinde, Klärgruben aus Bayern eingeredet. Selbst in Bayern werden die nur unter Zwang verkauft. Man verbietet den Bewohnern einfach, in eine Hecke auf ihrem Grundstück zu pinkeln.

Die Ausreise

Karinka hat sich entschlossen, mit einem Sammeltransport das obere Inntal zu besuchen. Sie möchte erfahren, was sie dort verdient. Das Angebot hat sie überzeugt. Sie verdient das Dreifache gegenüber ihrer Heimat.
In Etelas Personalzimmer kann sie übernachten. Etela hat ihr schon einen Platz gerichtet. Etelas Freundin, Gita, hat kürzlich hier geheiratet. Ihr Platz ist nun frei. Gita ist jetzt das, was sie zu Hause auch war. Bäuerin.
Etela ist schon seit einigen Saisons hier. Sie fährt nur selten nach Hause. Die Wechsel zwischen Winter- und Sommersaison lassen das nicht zu. Ihr wäre das auch zu anstrengend. Außerdem, zu teuer. Ihre Familie hat zu Hause gar kein überschüssiges Einkommen. Etela sorgt dafür. Der Papa ist Gelegenheitsarbeiter. Die Mama, Leiharbeiter.
Der Transporter biegt von der Hauptstraße ab. Serfaus sieht Karinka auf dem Schild. Von Serfaus hat sie schon gehört. Ein Freund hat ihr von diesem Ort erzählt. Er hat dort als Abspüler gedient. Karinka erwartet nichts Berauschendes. Der Freund erzählte ihr von viel Arbeit. Aber

auch von Discos und Freizeitbeschäftigung. Das hat sie neugierig gemacht.

Ihr Betrieb liegt fast am Ortsende. Abends wirkt es hier ziemlich einsam. Bis zur Seilbahn ist es nicht weit.

Zum Hotel gehört eine kleine Bar. Die ist geschlossen. Im Sommer wird sie nur selten benutzt. Zu Grillabenden. Trotzdem hört sie Musik in der Nähe. Der Fahrer sagt, im Nachbarhotel ist heute ein Konzert mit anschließendem Tanz. Etela steht etwas versteckt. Karinka erkennt sie erst, als sie ihr aufgeregt zuwinkt.

Zur Begrüßung gibt es die üblichen Küsschen.

„Hast du mir Etwas mitgebracht?"

„Natürlich. Das packen wir auf dem Zimmer aus."

Die Saisonarbeiter bringen ihren Kollegen gern einen Gruß der Heimat mit. Kommen die Kollegen aus dem gleichen Land und der gleichen Gegend, ist das um so willkommener. Das Gleiche scheint Etela zu erwarten. Edita hat ihr das sicher gesagt. Oft geht es um Produkte, die zu Hause wesentlich günstiger sind als im Land ihres Arbeitsplatzes. Darunter fallen neben medizinischen Produkten auch Verhütungsmittel. Ist in den Taschen noch etwas

Platz, werden gern auch heimische Lebensmittel eingepackt. Vor allem, Kolbasz in allen Varianten. Immerhin verdient eine Saisonkraft in etwa den Lohn, den Einheimische als Rente bekommen. Und das in einer Sechzig - bis - Neunzig - Stunden - Woche.

Das Zimmer gefällt Karinka. Gita hatte es etwas weiblich eingerichtet. Etela findet es kitschig. Etela ist etwas maskulin. Sie trägt recht kurzes Haar. Röcke und Kleider sind bei ihr nicht zu finden. Sie sagt, ihr wäre das zu teuer. Absatzschuhe? Fehlanzeige. Etela trägt Sportschuhe und Jeans.

„Willst du duschen und dich ausruhen?"

„Gerne, nach dieser Fahrt."

Etela zeigt ihr die Toilette samt Duschecke.

„Hier muss etwas geputzt werden."

„Ich kann das nicht so besonders. Das hat Gita immer getan."

„Als was arbeitest du hier?"

„Als Kellnerin. Manchmal helfe ich in der Rezeption."

„Du hast wohl Sekretärin gelernt?"

„Meine Sprachkenntnisse reichen hier dafür nicht."

„Aber Englisch hast du doch gelernt."

„Ich kann auch Französisch. Nur mit der Sprache hapert es etwas.“

Die Zwei lachen herzhaft.

„Sind alle Personalzimmer mit Doppelbetten ausgerüstet?“

„Das sind die gebrauchten Betten der neu eingerichteten Hotelzimmer.“

„Die Einzelzimmer sind wohl nicht vorgerichtet worden?“

„Nein. Die halten vermutlich etwas länger. Die werden seltener gebucht.“

„Wir schlafen hier im Ehebett?“

„Alle Frauen schlafen im Ehebett. Die Männer nicht.“

„Ich gehe mal die Dusche putzen“, sagt Karinka.

„Du kannst zuerst den Schrank einräumen.“

Etela zeigt ihr den freien Schrank. Gita hat noch ein paar Sachen da gelassen. Eine Badetasche und ein Zusatz - Kopfkissen. Ein unbenutztes Handtuch liegt noch im Fach.

„Ist das Hotelwäsche?“

Etela schaut es an.

„Nein. Das hat Gita hier liegen lassen.“

Im Handtuch ist ein Stück Seife eingewickelt.

Das ganze Fach duftet danach. Rosenseife von zu Hause.

„Ich bekomme gleich Heimweh“, sagt Etela.

Karinka öffnet die Badetasche. Sie muss lachen.

„Hier liegen drei Männer drinnen."

„Was? In der kleinen Tasche?"

„Schau."

„Gita hat sich aber schön vorbereitet für die Hochzeit", sagt Karinka.

„Wir haben uns darauf vorbereitet", antwortet Etela.

„Du hast gewusst, was sich in der Tasche befindet?"

„Aber sicher. Rieche mal. Die Männlein duften auch nach Rosenseife."

„Du hast wohl auch Rosenseife von zu Hause?"

„Gita hat immer viel mit gebracht."

„Dann können wir mal nachsehen, was ich mit gebracht habe."

Karinka putzt kurz die Fächer des Schrankes. Danach räumt sie ihren Tascheninhalt in den Schrank ein. Ein paar Fischdosen sind dabei. Etwas Trockenobst. Eine Flasche Slivovica. Neben der Flasche liegt eine sehr gut gereifte Kolbasz in der Tasche.

„Hast du etwas Brot hier?", fragt Karinka.

„Ich habe etwas Brot da. Auch Zwieback."

„Dann können wir nach dem Duschen, Etwas essen."

„Und trinken. Wir haben morgen frei."

„Und wann gehen wir zum Chef?"
„Der Chef ist früh kurz da und dann zu Mittag.
Wir stellen dich ihm zu Mittag vor. Da ist er vom
Einkauf zurück."
„Und die Chefin?"
„Die Chefin sitzt bis Mittag kurz im Büro. Abends
arbeitet sie in der Bar."
„Und ihr stellen wir uns nicht vor?"
„Das Personal betreut nur der Chef. Die Chefin
regelt aber die Abrechnung."
Karinka geht ins Bad. Sie putzt die Dusche und
das Waschbecken. Vor dem Spiegel stehen nur
ein Deo und ein Flacon mit Parfüm. Karinka
riecht kurz daran. Es duftet. Der Duft gefällt ihr.
Er ist etwas maskulin.
„Du hast ein Männerparfüm", sagt sie zu Etela.
„Aber es riecht sehr gut."
„Das Frauenparfüm hier, ist mir etwas zu süß."
„Ich habe welches von zu Hause mitgebracht."
„Lass mich mal riechen."
Beide gehen zum Schrank. Karinkas Parfüm
gefällt Etela.
„Das ist sehr gut."
„Wer duscht zu erst?"
„Ich habe schon geduscht", antwortet Etela.
„Hast du eine Rückenbürste?"

„Nein. Gita hat mir immer den Rücken gewaschen."

„Die Fahrt war ziemlich lang."

„Ich kenne das. Ich wasche dir den Rücken."

„Hast du Gita auch den Rücken gewaschen?"

„Ja. Natürlich. Gita hat auch sehr schöne Brüste."

Karinka zieht sich langsam aus bis auf ihren Schlüpfer.

„Mein Gott! Bist du schön!"

„Du bist doch auch sehr schön."

Die Antwort wirkt etwas auf Etela. Sie zieht sich auch aus. Den Oberkörper.

„Du willst wohl gleich mit duschen? Ist die Dusche nicht zu klein dafür?"

„Für uns reicht die alle Mal. Ich will dir den Rücken waschen. Bevor ich nass werde, ziehe ich mich lieber aus."

„Deine Brüste sehen auch sehr schön aus."

„Naja. Die sind etwas kleiner als deine."

„Aber, sie sind wunderschön so. Sie passen gut zu dir."

„Danke."

„Hast du einen Freund hier?"

„Nein. Und du - zu Hause?"

„Nein. Leider. Ich habe keinen Freund. Den finde ich aber jetzt auch etwas leichter."

„Was machst du dann, wenn du Lust hast?"

„Was machst du?"
„Das hast du doch schon in Gita's Waschtasche gesehen."
„Was? Die sind auch für dich?"
„Die waren für uns Beide."
„Ah. Deswegen hat Gita die hier gelassen."
„Unsere Kollegen trinken alle zu viel. Sie haben alle eine Frau. Einige haben sogar schon Kinder."
„Ich nehme keine Pille."
„Ich schon bis jetzt. Mir ist das mit den Jungs zu gefährlich."
„Kommen die auch aus unserer Gegend?"
„Fast alle. Ich kenne auch deren Frauen."
„Das ist zu viel Risiko."
„Genau. Willst du noch etwas Fernsehen schauen?"
„Gibt es gute Programme hier?"
„Das Hotel hat Kabel. Es gibt alle Programme."
Karinka geht zur Dusche. Sie hat ihren Schlüpfer schon ausgezogen.
„Du bist ja rasiert. Du bist sehr schön."
Etela zieht sich auch gleich komplett aus.
„Du bist auch rasiert. Und so schön braun gebrannt."
„Ich hab ein Plätzchen zum Sonnen gefunden."
„Kann man dort allein sonnen?"

„Nein. Dort kommen viele Touristen vorbei.
Allein ist man dort nie."
„Und du sonnst nackt dort?"
„Natürlich."
„Und die Spanner?"
„So lange sie mich in Ruhe lassen, sind sie mir
egal. Jeder Mensch verdient seinen Orgasmus,
wenn er es braucht."
„Etwas Sonne kann ich schon auch gebrauchen."
„In unseren Beruf sieht man selten die Sonne."
Karinka geht unter die Dusche. Etela folgt ihr wie
ein Magnet. Das Wasser ist schön warm. Karinka
stöhnt.
„Das hat mir gefehlt heute."
Etela bringt ihre Rosenseife mit. Die ist schön
cremig. Sie fängt an, Karinkas Rücken zu
waschen. Der Schaum verschwindet in den zwei
Löchern von Karinkas saftigen Hüften. Langsam
bahnt er sich den schmalen Weg zwischen den
zwei knackigen Rundungen. Irgendwie scheint
es die richtige Stelle zu finden. Von dieser Stelle
tropft die Seife wild schäumend an der
Oberschenkel Innenseite ab. Dort wartet schon
Etelas Hand, um sie reibend zu empfangen.
„Das...., das ist aber nicht mein Rücken", stöhnt
Karinka zitternd.
„Nein. Das ist dein erster Orgasmus heute",

antwortet Etela etwas dominant. Sie küsst Karinka auf den entzückenden Hintern. Der Kuss wirkt auf Karinka viel wärmer als das Wasser.

„Willst du dort selbst waschen oder soll ich das übernehmen?"

„Du machst das gar nicht schlecht", lacht ihr Karinka erleichtert entgegen.

Etela lässt sich nicht zwei Mal bitten. Sie lernt gerade Karinkas reizvollste Partien kennen. Karinkas Brustwarzen werden steinhart. Karinka bekommt rote Flecken auf dem Brustbein.

„Stoß uns nicht die Duschwand kaputt", scherzt Etela.

„Ich hab Hunger."

„Wir essen im Bett. Ich habe ein paar schöne Filmchen mit."

„Hast du auch genug Batterien?"

„Darauf kannst du dich verlassen. Gita hat die im Großhandel gekauft."

Die Zwei lachen.

„Soll ich dir den Hintern mit waschen?"

„Das ist mir etwas peinlich."

„Ich habe dafür feine Hilfsmittel."

„Die kenne ich. Ich hab die auch mit."

Karinka stellt die Dusche ab. Sie rennt nackt und nass zu ihrer Tasche. Sie hat ein Birnenklysma und einen Duschvorsatz mit.

„Die nehme ich immer auf Reisen mit. Wegen der Küchenarbeit."

„Dafür lasse ich dich allein."

Karinka benutzt gleich das Duschklysma. Das reinigt gründlich und unkompliziert. Etela schaut nun doch zu.

„So ein ähnliches Teil hab' ich auch. Das gibt ja richtig Spaß heute."

„Soll ich dich auch gleich waschen?", fragt Karinka - Etela.

Die Frage stellt sie mit der Hand zwischen ihren Beinen. Etela scheint schon ohne Wasser und Seife ziemlich feucht zu sein.

"Das wird aber höchste Zeit", sagt sie zu Etela. "Wir waschen dich zuerst fertig."

Etela steigt gleich mit in die Dusche. Für Beide ist die zu eng.

"Mit Gita konnte ich immer zusammen duschen", haucht sie.

Gita war bedeutend dünner. Sie war Zimmermädchen und etwas hyperaktiv. Nach einem Monat - Arbeit, hat sie bereits fünfzehn Kilo verloren. Und dazu kommt die einnehmende Liebe von Etela. Gita konnte kein sanftes Fettpolster ansetzen. Gerade das, liebt aber Etela an Karinka. Sie ist noch unverbraucht und frisch.

In der Enge greift Karinka - Etela zwischen die Beine.

Keine zehn Sekunden und Etela zuckt.

"Das war aber höchste Zeit", säuselt Karinka.

"Ich gehe mich abtrocknen."

"Du kannst mir mal bei dem Klysma helfen. Ich mag das."

Karinka findet das zwar etwas zu intim. Gibt aber nach. Etela beugt sich leicht nach vorn. Karinka setzt das Klysma. Etela stöhnt.

"So schön. Du kannst das so gut."

Karinka rüttelt und schiebt das Klysma hin und her. Etela reibt sich zwischen den Beinen. Und kommt.

"Lass das Klysma los", sagt Etela.

Die leichte Verkrampfung verhindert den schmerzlosen Rückzug.

"Den Rest mach ich allein", sagt Etela zu Karinka. Etela schließt die Duschkabine. Sie möchte Karinka den leicht unappetitlichen Anblick ersparen.

Karinka legt sich auf das Bett. Es ist herrlich warm im Zimmer. Sie friert nicht. Etela hat schon ihren Laptop an den Fernseher angeschlossen.

Im Fernsehen laufen gerade Nachrichten.

Wegen einem Virus werden die Grenzen geschlossen. Karinka erschrickt. Sie will eigentlich die kommende Sommersaison in Südtirol arbeiten. Ihr Vertrag ist bereits bestätigt.

Etela kommt aus der Dusche. Sie hat eine ölige Lotion in der Hand.

"Massageöl", frohlockt sie.

"Die machen die Grenze dicht."

"Dann bleibst du eben hier."

"Ich habe aber schon alle Verträge in der Tasche."

"Wir schauen mal, wann die Grenzen geschlossen werden."

"Zum Glück bin ich hier auf Vorstellung. Die Verträge für Südtirol sind erst in zwei Monaten fällig."

"Zur Not kannst du die auch absagen."

"Ich muss dafür keine Strafe zahlen?"

"Du bist noch ziemlich neu in dem Geschäft. Das kostet nichts."

"Dann ist es ja gut."

"In Kürze sind wir bei meinem Chef. Und der wird dich ganz sicher nehmen."

"Da bin ich erst mal beruhigt."

"Ich lege uns mal einen schönen Film ein."

Etela legt einen Liebesfilm ein. Sie streichelt dabei Karinka. Karinka reagiert kaum. Sie wirkt etwas steif.

"Du bist nicht bei der Sache."
"Entschuldige. Die Nachricht macht mich nervös."
"Lass uns Etwas essen. Wir schauen dabei ein paar Filme. Das scheint der falsche Zeitpunkt zu sein."
"Was hast du zu Essen mit?"
"Das Übliche. Was hast du?"
"Fast das Gleiche, aber von hier."
"Dann lassen wir uns das mal schmecken."
Nach dem Film und der Jause, fragt Etela, was Karinka für einen Beruf hat.
"Ich bin Hotelfacharbeiter."
"Dann kannst du ja Alles?"
"Das ist sicher."
"Für mich war das nicht so leicht."
"Was verdienst du hier?"
"Etwa eintausend Fünfhundert. Du bekommst sicher etwas mehr. Später. Es gibt ein Einstiegsgehalt."
"Das würde uns schon reichen."
"Wir können zum Chef gehen. Es ist soweit."
Sie kommen im Foyer des Hotels an. Es glänzt wie in einem Palast. Ein Teil des Restaurants ist ein Stübele. Dort sitzt das Personal des Hauses beim Abendessen. Das Personal isst vor den Gästen.

Als Karinka mit Etela das Stübele betritt, stellt sie Karinka gleich recht laut vor. Alle grüßen. Sie wird von Oben bis Unten begutachtet. Der Chef und seine Frau winken Karinka an ihren Tisch. Karinka soll mit ihnen zusammen essen. Etela geht zu ihren Kolleginnen. Die fangen sofort an zu tuscheln. Sie lachen gelegentlich. Karinka spürt ihre Blicke. Sie ist etwas nervös.

Der Chef, Hubertus, stellt sich und seine Frau, Clara, vor. Sie haben zwei Kinder. Die sind nicht zu Hause. Sie studieren.

"Unsere Kinder kommen uns sehr selten besuchen. Höchstens kurz in den Ferien. Sie wollen nicht in unserem Gewerbe arbeiten."

"Das kann ich nicht verstehen. Sie haben doch ein sehr schönes Haus."

Hubertus verzichtet, die damit verbundenen Schulden zu erwähnen. Obwohl die Schulden auch eine Art, Strategie sind. Die Familie zahlt immer. Entweder als Steuer oder eben als Zins. Die Zinsen scheinen ihnen lieber zu sein.

Hubertus sieht für sein Alter recht gut aus. Clara scheint wesentlich jünger zu sein. Sie ist sicher seine zweite Frau. Das zu erfragen, traut sich Karinka nicht.

Hubertus war von der Bewerbung Karinkas beeindruckt. Er bietet ihr sechzehn Hundert als

Einstiegsgehalt an. Karinka fällt fast aus den Wolken. Auf die Frage, ob es ihr bei Etela gefällt, kommt ein Ja von Karinka. Hubertus wirkt erleichtert.

"Willst du dir das Geschäft heute Abend schon mal anschauen?"

"Gerne."

"Du wirst bei uns bedienen. Wir geben dir das Stübele als Bereich."

Karinka ist etwas überrascht, weil sie gleich mit Du angesprochen wird. Hubertus und Clara erwarten das auch ihrerseits. Die Lockerheit gibt Karinka Mut und Zuversicht.

"Wir gehen dann gleich zusammen in die Wäschekammer. Ich gebe dir unsere Hauskleidung", sagt Clara.

Das Abendessen schmeckt Karinka. Sie ist es nur nicht gewohnt, abends warm zu essen. Zu Hause fiel das Abendessen bedeutend bescheidener aus. Sie wirkt zufrieden jetzt.

Etela kommt zum Tisch von Hubertus.

"Ihr kennt euch ja bereits. Etela wird deine Zimmerkollegin. Sie hilft dir auch gelegentlich im Stübele. Etela zeigt dir jetzt gleich noch das Haus. Danach gibt dir Clara unsere Hauskleidung."

Etela geht mit Karinka eine Runde durch das

Haus. Zuerst besuchen sie die Restaurants. Dann das Getränkelager. Jetzt kommen sie in die Küche. Die Köche pfeifen begeistert. Aber auch zwei Köchinnen. "Das sind meine Freundinnen", sagt Etela. Eine bringt gleich ein Stück Kuchen zu Karinka. Die Köche im Hintergrund murmeln etwas. Etela greift Karinka auf den Hintern und führt sie aus der Küche. Sie möchte den Köchen zeigen, wem Etela gehört. Dem Gemurmel nach, haben das die Köche sofort verstanden.

Sie kommen in den Keller. Dort stehen drei Kühlhäuser. Sie schauen hinein.

"Das ist unser Vorrat", scherzt Etela.

In einem Kühlhaus hängt Wild und ein Lamm. Im dritten, findet Karinka sämtliches Gemüse und Obst.

Eine Kelleretage tiefer befinden sich die Garderoben des Personals. Hier riecht es etwas streng nach Schweißfuß. Die Toiletten sehen nicht besonders sauber aus. Karinka ist etwas schockiert bei dem Anblick.

"Hier müssen wir gelegentlich putzen", sagt Etela.

Auf einer anderen Treppe gehen sie wieder hinauf. Sie kommen zur Sauna. Direkt neben der Sauna ist ein Duschraum und ein Schwimmbecken.

"Das dürfen wir auch benutzen."
"Mit oder ohne Begleitung?"
"Ich hoffe doch mit dir und meinen Freundinnen."
"Wie sieht das mit den Köchen aus?"
"Die gefallen dir wohl?"
Karinka schaut etwas verlegen nach Unten.
"Naja. Zwei süße Bübchen sind schon dabei."
"Das können wir dann auf dem Zimmer besprechen."
Der Rundgang ist beendet. Alle gehen zur Mittagsruhe. Etela geht mit Karinka ins Stübele.
"Das Stübele ist eigentlich für besondere Gäste."
"Aber das hier sieht aus wie eine Bar."
"Das ist eine Bar. Im Stübele treffen sich die Leute vor und nach dem Essen."
"Ich soll das hier bedienen?"
"Das ist ein guter Platz für Trinkgeld."
"Dann ist es mir recht."
"Das hat aber einen Nachteil. Hier geht es ziemlich lange."
"Damit kann ich leben."
"Wir gehen in die Wäschekammer. Dort wirst du jetzt eingekleidet."
In der Wäschekammer wartet die Chefin. Sie hat bereits ein Dirndl bereit gelegt. Karinka soll sich ausziehen. Clara, die Chefin, rollt mit den Augen.

"Na du passt gut in das Dirndl."
Karinka zieht das Dirndl an. Es passt schon recht gut. Clara zeigt ihr, wie man die Brüste präsentiert. Das geht mit den Schnüren des Dirndls gut einzustellen. Sie streichelt Karinkas Brüste, drückt sie, hebt sie und kitzelt etwas die Brustwarzen.
"Wenn die etwas hart sind, bekommst du mehr Trinkgeld."
"Das Dirndl kommt mir etwas warm vor", antwortet Karinka.
"Dann ziehe einfach etwas weniger unten drunter."
"Bekomme ich auch einen Wechsel?"
"Ich gebe dir zwei Wechsel. Du musst noch unterschreiben hier."
"Kann ich das Eine gleich anlassen? Ich muss mich etwas dran gewöhnen."
"Aber sicher. Wenn du keinen BH unten Drunter trägst, gibt es mehr Trinkgeld."
"Aber auch mehr Griffe unter den Rock", antwortet Etela.
"Du musst es ja wissen", gibt Clara lachend zu. Sie zwickt Etela dabei in den Hintern.
"Du bist erstaunlich ruhig heute."
Die Frauen lachen zusammen über die Bemerkung.

"Etela zeigt dir heute, wie das Stübele funktioniert. Ihr arbeitet zusammen die kommenden Tage."

"Wann beginnt der Dienst hier?"

"Normal putzt ihr zusammen das Stübele morgens. Natürlich auch nach dem Personalessen. Dann richtet Ihr Alles her. Und abends geht Euer Dienst eine halbe Stunde vor dem Menü los."

"Viele wollen noch einen Aperitif", sagt Etela.

"Wann fangen wir früh an?"

"Wenn du allein bist, neun Uhr. Das ist selten. Wenn wir zusammen sind, zehn Uhr."

"Wann schließt das Stübele?"

"Zwischen Mitternacht und zwei Uhr."

Clara streift noch einmal über Karinkas Hintern.

"Das Dirndl passt sehr gut zu dir."

"Wir gehen schnell noch das Stübele aufräumen", sagt Etela zu Karinka.

"Ich freue mich zu sehr, endlich mit dir zusammen das Stübele machen zu dürfen."

"Was ist mit Margarita?"

"Margarita ist einheimisch. Sie hat den Betrieb gewechselt. Sie war etwas herrisch. Wir durften nur abräumen und putzen. Sie gab uns kein Trinkgeld."

Das Stübele haben die Zwei schnell aufgeräumt und fertig gemacht.

"Wer macht die Bar?"

"Clara. Wir werden mit ihr unsere Freude haben."

"Warum?"

"Weil sie uns am Tisch kassieren lässt. Das ist selten."

"Wer ist sonst noch hier in der Bar?"

"Jarosch. Jarosch hilft der Chefin. Nicht nur in der Bar."

Die Zwei lachen.

"Jarosch kann dir auch helfen."

"Wie?"

"Er heißt eigentlich Jaroslaw. Jarosch ist sein Schimpfname. Er hat etwas Großes, wenn du es benötigst."

„Wir haben jetzt noch Zeit, uns etwas frisch zu machen", sagt Etela. Karinka ahnt, was sie damit meint.

„Gehen wir duschen?"

„Aber schnell."

Die Zwei ziehen sich zusammen aus. Karinka bewundert immer wieder Etelas herrliche Figur. Sie kommt sofort ins Träumen. Etwas Neid ist dabei. Nie hätte sie gedacht, Gefallen an einer Frau zu finden. Etela ist eine Kombination aus

Schönheit und Charme. Sie setzt Beides ein, um andere Menschen zu erobern.

"Magst du auch Männer?"

"Aber natürlich! Vor allem die schönen, nicht ganz so weichen Männer. Jarosch ist dafür das beste Beispiel."

"Was? Mit Jarosch hast du auch schon?"

"Aber natürlich. Der hat ein sehr schönes Werkzeug. Fast so gut wie unser Ding hier."

Etela schwenkt einen extra weichen Dildo.

"Greif den mal an. Ein Butterstückchen."

Karinka greift den Dildo an. Wunderbar. Weich wie ein Babypopo. Und trotzdem griffig. Etela drückt einen Knopf an dem Dildo.

"Der vibriert. Das, was der kann, kann kein Mann."

Sie hält den Dildo an Karinkas Schambein. Karinka zuckt.

"Das kitzelt gewaltig", ruft sie aufgeregt.

Etela macht keine Anstalten, das Ding wieder wegzunehmen. Im Gegenteil. Sie schiebt es zwischen die Beine von Karinka. Mit dem Knöpfchen wählt sie eine andere Vibration. Die ist noch intensiver. Karinka kann nicht lange widerstehen. Sie legt sich aufs Bett.

"Wir können nicht zu lange bleiben", stammelt sie.

"Du hast mich als Hilfe", säuselt Etela und küsst ihr die Innenseite des Oberschenkels.

"Du bist lieber als mein erster Freund", flüstert Karinka.

"Mein erster Freund wusste nicht mal, wo er das Ding hin stecken sollte. Er kam schon zwischen meinen Oberschenkeln", sagt sie.

Die Zwei lachen darüber.

"Sein zeitiger Abgang war aber ein gutes Gleitmittel für mich. Ich hatte zwei Orgasmen, während er sich ausruhte."

Das Zimmertelefon klingelt.

"Die Chefin", sagt Etela. "Wir sollen bestimmt rüber kommen. Verschieben wir das auf heute Nacht."

"Das ist eine Stunde zu früh", sagt Karinka.

"Vielleicht kommt eine Gruppe."

"Wir müssen uns trotzdem frisch machen."

"Ja schnell."

Die Zwei duschen schnell. Eine hilft der Anderen beim Waschen. Karinka probiert bei Etela eine Revanche. Das scheint zu gelingen. Etela zuckt und taumelt leicht auf einem verkrampften Bein.

"Vorsicht. Fall mir ja nicht hin", ruft Karinka.

"Das hatte ich lange nicht mehr."

Karinka ist erstaunt. Gita ist doch erst den

zweiten Tag weg. Vielleicht gab es nichts mehr zwischen den Zweien.

"Jetzt weiß ich, warum du so froh bist."

"Ja. Weil du da bist."

Etela küsst Karinka.

"Ich bin endlich nicht mehr allein."

Karinka kann das etwas nachvollziehen. Allein in der Fremde. Weit weit von zu Hause. Umgeben von Misstrauen.

Aufgefrischt und schön gemacht, gehen die Zwei ins Stübele. Sie kommen gerade recht zum Personalessen. Etela redet schon mit ihren Kollegen am Tisch. Sie sollen den Tisch ordentlich verlassen.

"Das Stübele öffnet heute."

Prompt kommt die Frage, ob die Neue mit macht.

Sie wird bestaunt von Unten bis Oben. Pfiffe sind zu hören. Er hagelt bereits Einladungen zu Zimmerfeten.

Etela sichert sich drei Schnitzel.

"Die sind für heute Nacht."

Karinka lässt sich anstecken und nimmt zwei Brötchen und Butter.

"Das reicht."

Jarosch kommt. Er grüßt die zwei Schönen.

"Mein Gott! Die Stube wird voll heute!"

Etela bedankt sich für das Kompliment. Beim Gehen von Jarosch, zeigt Etela mit einem Blick in die Richtung, worauf Karinka achten soll.

Karinka dreht die Augen eine Runde. Etela weiß Bescheid. Er gefällt Karinka.

"Jarosch ist aber gefährlich launig", flüstert sie.

"Der Gummi nicht", antwortet Karinka.

Beide lachen. Jarosch dreht sich sofort um. Er glaubt, die Frauen lachen ihn aus.

"Hab ich Etwas vergessen?"

"Nein. Du siehst gut aus heute", antwortet Etela.

Jarosch dreht eine extra Runde. Er wirkt wie aufgezogen.

Die ersten Gäste kommen. Es gibt sofort Komplimente. Karinka bemerkt auch schon die ersten versteckten Angebote. Oft sogar im Beisein, der vor Fettcreme glänzenden Ehefrauen der Bieter. Vaseline können die sich sparen, denkt Karinka. Sie ist froh, nicht deren Zimmer putzen zu müssen. Sie denkt auch an die Bettwäsche.

Nach einiger Zeit wird Karinka klar, die sind alle besoffen. Karinka stellt sich gerade deren Nächte vor. Wegen Sex sind die nicht im Urlaub. Sie kann sich auch schlecht vorstellen, die wären wegen dem Wintersport hier. Vielleicht wegen dem Essen?

Jarosch serviert ein paar kleine Leckereien zu den Getränken. Karinka soll kleine Schalen damit füllen.

"Bring das den Leuten an den Tisch, bitte."

Die ersten Gäste betatschen ihren Hintern. Deren Frauen lachen dazu. Die Angebote werden konkreter. Bisweilen findet ein Scheinchen den Ausschnitt von Karinka. Zum Glück hat sie die untere Schnur ihres Dirndls etwas straffer gezogen. Das Geld würde gleich zu Boden fallen. Die ersten Bestellungen kommen. Karinka nimmt die noch nicht an. Erst nach dem Essen. Jarosch hat ihr das verboten.

"Wenn die zu spät zum Menü kommen, bekommen wir Ärger mit den Kollegen im Speisesaal", sagt er.

Genau deshalb, hat Clara die Bar eingerichtet. Die Gäste sollen zügig den Speisesaal verlassen. Früher sind die am Tisch zu lange sitzen geblieben. Die Kellner haben oft, bis frühmorgens, den Speisesaal wieder her richten müssen. Das gab viel Ärger.

So ist die Umgebung des Speisesaales geschützt. Auch die sanitären Einrichtungen des Saales.

Für das Stübele haben sie extra Einrichtungen

gebaut. Nach dem Alkoholgenuss, sehen diese Toiletten nicht so aus wie die des Speisesaales. Das Haus wird sauberer und ruhiger.

Wie auf Kommando, verlassen die meisten Gäste das Stübele. Die zwei Frauen bringen wieder etwas Ordnung in die Bar. Jarosch poliert die Zapfanlage. Er pfeift dabei und gibt mit den Augen ein Zeichen. Karinka soll sehen, wie er den Zapfhahn poliert. Mit etwas Übertreibung zeigt er, wie er den Hahn mit dem Tuch onaniert. Etela muss lachen. Die vier Gäste im Stübele schauen sich fragend an. Sie sehen, wie Jarosch poliert und müssen auch lachen.

"Du Schlimmer", sagt eine recht Hübsche.

"Da hast du heute wieder Zimmerservice", spottet Etela. Jarosch nickt. Wie scheint, war er schon da.

Die Ruhe während des Menüs ist beendet. Jetzt kommen die Durstigen. Auch Jene, die etwas Gesellschaft suchen nach dem Essen.

Karinka bedient sie zusammen mit Etela. Jarosch hat hinter der Bar alle Hände voll zu tun. Anders als in Restaurants, sitzen vor seiner Bar, nur Frauen. Die Kürze der Röcke und Kleider, lässt Einiges vermuten.

Etela wird manchmal etwas ungeduldig. Die Fragen der Frauen an Jarosch, behindern seine

Aufmerksamkeit. Er hört nur die Hälfte der Bestellungen. Etela kennt das. Sie bedient sich und Karinka selbst. Damit öffnet sich auch die Tür für kleine Betrügereien. Sie rechnet nur die Hälfte ab.

Jarosch kennt das auch. Er verfolgt das mit flüchtigen Blicken. Schließlich darf das gewisse Grenzen nicht überschreiten. Gelegentlich nickt er ihr zu. Karinka hat das System schnell begriffen. Etela wird sozusagen, ihre Barfrau. Neben den üblichen Griffen auf den schön geformten Hintern von Karinka, trifft auch gelegentlich ein Geld in ihrer Tasche ein. Meist in Papierform. Das Hartgeld erzeugt beim Gehen ein rhythmisches Geläut. Das klingt fast so rhythmisch wie die Glocken von einem Pferdegespann. So wird die Geschwindigkeit der Bedienung messbar. Und bei Karinka zeugt das von flotter Bedienung. Die Gäste lieben sie von Anfang an. Sympathisch, schnell und schön. Es hagelt Trinkgeld in allen Formen. Etela beobachtet sie mit einem Auge. Sie freut sich. Für Karinka. Ehrlich. Karinka spürt das an ihrem Blick.

Wenn Karinka sich über den Tisch beugt, nickt Jarosch, Etela zu. Er dreht seine Zunge über die Lippen. Etela lacht dazu. Sie zwinkert

gelegentlich. Jarosch findet das schön.
Manchmal greift er ihr auf den Hintern.
"Du hast heute die ganz Kleinen an", flüstert er.
"Lass deine Hand weg. Sonst muss ich öfter
wechseln gehen."
Jarosch lacht etwas lauter. Komisch. Die Gäste
lachen mit ihm mit.
An seinem Tresen zahlen die Frauen. Mit jedem
Lachen trifft auch etwas mehr Trinkgeld ein. Die
Frauen lieben sein Lachen. Vor allem, die etwas
älteren.
Der Ansturm nach dem Menü lässt etwas nach.
Jetzt sind Gäste im Stübele, die etwas länger
sitzen bleiben.
Meist Pärchen. Karinka spürt gerade beim
Bedienen, die meisten Paare sind unverheiratet.
Oft wissen die Einen nicht, was die Anderen am
liebsten trinken. Sie kann sich nicht vorstellen,
so Etwas bei Verheirateten zu sehen. Ihr fehlen
die Kenntnisse, wie sich das in den Ehen -
Wohlhabender verhält.
Der Abend geht recht schnell vorüber. Die viele
Arbeit lässt die Zeit schnell vergehen. Dabei fühlt
sich Karinka keineswegs müde. Sie wirkt wie
aufgezogen. Eifrig. Sie ist froh, endlich für mehr
Geld arbeiten zu können.
Etela fängt schon an, die Bar von Jarosch zu

reinigen. Sie poliert den Bierhahn wie Jarosch am frühen Abend. Jarosch lacht. Die Frauen am Tresen auch. Die Frauen scheinen allein stehend zu sein.

Karinka fragt Etela mit den Augen, wer die Frauen sind. Etela antwortet mit einem Blick in den Himmel. Karinka wollte das nur schwer verstehen. Sie dreht die Augen etwas hastiger von Links nach Rechts. Etela wiederholt den Blick nach Oben und zwinkert dabei. Jetzt begreift Karinka. Die leichte Garde. Wie kommen die in das Stübele? Nach einiger Überlegung, begreift Karinka das System. Das Stübele hat Öffnungszeiten als Bar. Die Frauen kommen von Draußen. Straßenkundschaft. Wie scheint, sind das ihre Kolleginnen aus anderen Hotels. Deswegen kennen die Jarosch so gut. Jarosch ist wahrscheinlich der Seelsorger der Frauen bei misslungenen Abenden.

Etela hilft jetzt Karinka an den Tischen.

Die Kundschaft scheint jetzt etwas handgreiflicher zu werden. Wohl auch etwas betrunkener. Etela staunt, wie Karinka damit umgeht. Sie ist jetzt überzeugt, Karinka hat das tatsächlich gelernt.

Im Saisongeschäft traut man den angeblichen Nachweisen nicht. Die Frauen wissen, wie man sich die Abschlüsse besorgen kann. Bei Männern ist das etwas schwieriger. Die ausgebildeten Kollegen wenden diverse Tricks an, um das zu prüfen. Karinka hat in Etelas Augen, schon mal bestanden.

Das Stübele hat zwei kleinere Separees. Der Nachteil dieser Plätze ist, man muss für den Gang zur Toilette, den halben Tisch von seinem Platz jagen. Aus dem Grund, werden die Separees gern von wenigen Personen genutzt. Oft von zwei bis vier Personen. Die meisten setzen sich an die Bankenden der Sitzecke. Nur Wenige nutzen die Mitte der Sitzbank. Es ist einfach zu umständlich, aus der verbauten Sitzgarnitur heraus zu kommen.

Beim Separee mit fremden Frauen ist der Platz aber praktisch. In dem Fall, wird die Frau oft in die Mitte der Sitzbank genommen. Das auf alle Fälle, hat Etela schon zur Genüge kennen gelernt.

Und genau so soll es kommen. Zwei Männer nehmen Platz in einem Separee. Gut gelaunt. Leicht angetrunken. Sie bestellen Sekt.

"Vier Gläser bitte."

Die erste Flasche ist leer. Zwei Gläser sind benutzt. Sie bestellen bei Karinka eine neue Flasche.

"Soll ich die zwei leeren Gläser wegräumen?"
"Nein. Die sind für dich und Etela."
Etela lacht schon hinter dem Tresen mit Jarosch.
Sie haben das mit den Kollegen so
abgesprochen.
"Ja, aber ich muss unsere Gäste bedienen",
antwortet Karinka.
"Dann warten wir so lange", antwortet einer der
Männer. Etela bemerkt ein recht süßes Parfüm
an dem Einen der Zwei. Das kommt ihr bekannt
vor von zu Hause.
"Ihr seid Kollegen", sagt sie.
"Und schwul", antwortet der Andere der Zwei.
"Das habe ich mir schon gedacht bei dem
Geruch."
"Du musst also nichts befürchten von uns. Wir
wollen dich nur empfangen als unsere neue
Kollegin."
"Ich bin nur zur Probe hier."
"Vergiss das. Wir haben das schon geklärt mit
Clara. Die hat dich sofort fest angestellt."
Karinka fällt fast aus dem Häuschen. Sie kann es
nicht fassen.
"Du bekommst auch zweihundert mehr im
Monat."
Auch das noch, denkt Karinka.
Karinka kann sich nur an den äußersten Rand

der Sitzgruppe setzen. Wenn das Gäste bemerken, wäre ihr Ruf sofort ruiniert. Unter den Gästen sind oft auch Kollegen der örtlichen Hoteliers. Die schauen nicht selten nach Angeboten auf dem Personalmarkt. Etela weiß das. Sie hat Karinka auf diese Typen aufmerksam gemacht. Alle kennt sie aber nicht. Zu oft wird eine gute Kraft auch von den Hoteliers angeschwärzt. Auf diese Art, möchten die Hoteliers die Kraft für sich gewinnen. Preiswerter, versteht sich. Allgemein besprechen das die Gastronomen telefonisch untereinander. Selten wird die Beurteilung auch schriftlich verfasst und dem Arbeiter gegeben. Die Arbeiter würde das schon auch interessieren, was über die gesprochen wird. Den Arbeitern wird hingegen ein mit kodierten Lügen gespicktes Schriftstück ausgehändigt.

"Ich verbrenne meine Beurteilungen", sagt Etela. "Die sind alle nichts wert."

"Aber, dann hast du keine Zeugnisse", antwortet Karinka.

"Die Zeugnisse stehen in deinen Lohnunterlagen", gibt Etela ihr zu verstehen.

"Aber da steht doch nicht, ob dein letzter Chef mit dir zufrieden war."

"Wenn du den regelmäßig an dein Nest lässt, wird er schon zufrieden sein."
Die Zwei lachen.
"Was ist, wenn ich ihn nicht ran lasse?"
"Dann lernst du richtiges Deutsch in seiner Vielfalt kennen."
Unter der Woche kommen wenig Gäste von Auswärts. Der Abend ist relativ zeitig beendet. Die Kollegen können ein kleines Willkommen feiern. Die letzten drei Hotelgäste nehmen bei Jarosch am Tresen Platz. Etela und Karinka wollen die Tische schnell abräumen. Sie möchten auch gleich die Stühle auf die Tische stellen. Clara hatte das eigentlich verboten. "Das wirkt auf Gäste, abweisend", hat sie gesagt. Jarosch sieht das ähnlich streng. Er gibt mit den Augen die entsprechenden Zeichen. Etela folgt diesem Hinweis. Eigentlich sind auch Personaltreffen nicht gern gesehen. Die sollen sich in ihren Zimmern treffen. In dem Fall, hat Clara eine Ausnahme genehmigt. Kurz. Bis zur Schließung.
Die letzten drei Hausgäste gehen. Kurz nach Mitternacht, schließt Jarosch das Stübele. Die Drei putzen schnell das Gröbste. Der Raum wird gelüftet. Hier ist das Rauchen erlaubt. Das

scheint auch der Grund für die rege Nutzung des Stübeles zu sein.

"Manchmal kommen auch Gäste während des Menüs zu uns", sagt Jarosch.

"Zwischen den Gängen."

Nach dem Putzen und dem Sekt mit den neuen Freunden, begeben sich Alle in ihre Zimmer. Eine Nachfeier im Zimmer möchte Karinka vermeiden. Obwohl sie ausschlafen könnte. Etela hat etwas gedrängt. Sie hat Karinka unterwegs mehrmals geküsst. Vor Freude, wie sie sagt.

"Hast du Jaroschs Hose gesehen?"

"Da steckt schon Etwas dahinter", antwortet Karinka. Beide lachen lüstern.

"Aber Jarosch ist sehr schwierig. Er ist zu launig."

"Auch nach dem Sex?"

"Gerade da."

"Wie kommt das?"

"Er hat, glaub ich, eine Freundin verloren."

"Das ist doch normal in dem Alter."

"Aber die hat sein Geld mit genommen."

"Das war schon mal keine Liebe. Hat er das nicht gemerkt?"

"So genau kenne ich mich da nicht aus. Er hat aber irgend etwas Herzloses an sich."

"Du meinst, er hat keine warmen Gefühle?"

"Genau."
"Für ihn ist der Sex also reine Mechanik."
"Besser kann man es nicht sagen, meine Liebe."
Etela küsst Karinka innig.
"Du hast Herz. Dich liebe ich."
"Nach einem Tag?"
"Der erste Eindruck. Du weißt schon. Wie gefällt es dir bei uns hier?"
"Dem ersten Eindruck nach, recht gut. Hattest du auch mit Gita Sex?"
"Gita liebe ich heute noch."
"So gut war sie?"
"Gita wollte keine wilden Orgien. Auch keinen wilden Sex."
"Was hat Gita am meisten gefallen?"
"Gita wollte vom Orgasmus überrascht werden. Einfach so beim Spielen."
"Das können wir heute mal probieren."
"Du hast Recht. Wir schauen ein paar Filme. Der Rest ergibt sich von Allein."
Etela begleitet Karinka bis in die Dusche.
"Wo können wir unsere Wäsche waschen", fragt Karinka.
"Wir haben im Keller eine Waschmaschine. Das kostet einen Euro."
"Wo waschen wir denn die Hotelwäsche?"

"Ich rede mit Lina. Die kann ich dir dann auch gleich vorstellen. Ein Zuckerstückchen."

"Wohnt Lina mit in unserem Personalhaus?"

"Lina geht recht früh aus dem Haus. Sie putzt das Foyer bevor die Gäste kommen. Sie wohnt gleich im Erdgeschoss. Bei ihr wohnen Ella und Sofia."

"Was? Drei Frauen in einem Zimmer?"

"Naja. Die haben Küche und Bad. Das ist eigentlich die Wohnung von Claras Eltern."

"Also ist das Personalhaus, das Haus der Eltern der Hoteliers?"

"Du hast es begriffen. Alles für den Gast."

"Wo wohnen dann Hubertus und Clara?"

"Die haben sich mit dem Hotel ein neues Haus gebaut."

"Auf Betriebskosten? Ein Personalhaus?"

"Karl Marx darfst du hier nicht ansprechen. Das führt zu unbefristeten Arbeitsverträgen."

"Also müssen wir das, was wir gelernt haben, vergessen?"

"Es gibt genug neuen Unfug, den du lernen musst."

"Den Umgang mit den Gummitierchen?"

"Das wirst du noch in dieser Woche lernen."

"Hoffentlich bekomme ich keinen Lernstau."

"Deinen Hintern wasche ich heute wieder. Dann

bekommst du wenigstens keine Entzündungen beim Bedienen."

"Deinen Hintern will ich heute auch mal waschen. Der ist sehr schön. Und braun gebrannt."

"Das bekommen wir mit deinem weißen Mond auch noch hin."

"Aber auf deinem Hintern kann ich Läuse knacken."

"Eher zum Saisonende. Zum Saisonbeginn würden sich die Läuse bedanken für das weiche Plätzchen."

"Plätzchen ist leicht untertrieben. Dein Arsch ist schon auch ein Paradeplatz."

"Mit einer Falle."

"Wie scheint, ist es eher ein Sumpf heute."

"Du wolltest mich waschen. Du Ferkel."

"Dein schöner Hintern hat mich verführt. Entschuldige."

"Wenn du jetzt aufhörst, werde ich es dir dann heimzahlen."

Karinka hört nicht auf. Die weichen Knie von Etela sind ihr wichtiger. Etela möchte sich gleich hinlegen.

Karinka steht jetzt allein in der Dusche. Fast so, als hätte sie sich das gewünscht. Der braune Hintern von Etela kommt aber wieder herein geschlichen. Karinka erschrickt fast. Sie duscht fast lauwarm. Die Hände von Etela sind um ein paar Grad heißer.

"Soll ich ganz kalt stellen", fragt sie Karinka und legt schon die zweite Hand auf die Duscharmatur.

"Dann steche ich dir die Augen aus", antwortet Karinka.

Etela versteht das als Einladung. Sie küsst die steifen Brustwarzen von Karinka.

"Jetzt kannst du zustechen", antwortet sie lachend.

Sie streichelt Karinkas Po dabei.

"Der Film läuft schon."

Karinka beeilt sich mit dem Duschen. Eigentlich hätte sie jetzt einen scharfen Porno erwartet. Irrtum. Etela hat Barbarella eingelegt. Aber irgendwie scheint das Karinka noch nicht anzusprechen. Karinka lacht zwar über den Film. Aber er wirkt nicht. Vielleicht erwartet Etela einfach zu viel? Sie rennt zum Computer und legt einen Porno ein. Einen, mit gewaltigen Geschlechtsteilen. Die operierten Brüste der Modelle stoßen Karinka ab. Das findet sie eklig. Etela drückt einen Film weiter. Der wirkt. Den lässt sie laufen. Sie legt sich wieder neben Karinka. Etela forscht mit dem kleinen Finger an

Karinkas Oberschenkel, ob Karinka reagiert. Sie reagiert.

"Zur Einstimmung war Barbarella gar nicht so schlecht", sagt sie. Etela will zurück spulen. Die Stellung nutzt Karinka und küsst ihren entzückenden Hintern.

"Das ist doch sicher besser als jeder Film", haucht sie.

Etela lässt den Porno weiter laufen. Gelegentlich muss sie sich damit stimulieren. Durch den Augenschlitz. Wenn Karinka gerade nichts Aufregendes zeigt.

Etela sind die Träume abhanden gekommen. Die Träume vom gemeinsamen Glück. Sie glaubt, das bei Karinka gefunden zu haben.

Entspannung. Die Arbeit hat sie abgestumpft. Gita hat ihr schon den richtigen Weg gezeigt. Der mechanische Orgasmus ohne Liebe, ist das Produkt ihrer Arbeit im Hotel. Der Hast. Der Eile. Der Oberflächlichkeit. Sie nimmt sich vor, um zu denken.

Mit Karinka scheint ihr das zu gelingen. Sie legt die Hand an die Innenseite vom Oberschenkel Karinkas. Karinka tut bei ihr das Gleiche. Jetzt schaut Karinka zum Film. Etela betrachtet die wunderschönen Beine Karinkas. Die öffnen sich. Es scheint ungewollt von Karinka. Karinka lässt sich ins Kopfkissen fallen. Etela nutzt die Situation. Sie geht höher mit ihrer Hand. Karinka schaut noch einmal kurz zum Film und schließt die Augen. Etela kennt bereits jeden Punkt, auf den Karinka reagiert.

"Du bist leicht glücklich zu machen", haucht sie in Karinkas Ohr. Karinka hört nichts mehr. Sie stöhnt schon das dritte Mal. Etela fühlt sich davon angetrieben.

"Du bist ja hungrig wie ein Seemann", lacht sie in Karinkas Ohr. Sie gleitet dabei mit ihren Lippen über das Ohr.

"Jetzt hab ich wirklich Hunger und Durst", flüstert Karinka.

Sie hat einen trockenen Mund bekommen. Im Film ist gerade ein fast quiekendes Stöhnen zu hören. Karinka greift mit einem festen Griff an das Schambein Etelas. Etela quiekt mit dem Film. Ihre Beine zittern. Karinka streift mit der Zunge die Innenseite des Oberschenkelansatzes von Etela. Etela nimmt mit den Oberschenkeln, Karinka in den Schwitzkasten.

"Ich habe Hunger und Durst", ruft Karinka aus den verkrampften Schenkeln. Bei dem Druck Etelas, hat sie fast Platzangst bekommen. Sie schwitzt.

"Wir müssen erst mal eine Pause einlegen", sagt sie zu Etela.

"Hast du wirklich Hunger?"

"Ich habe vor Aufregung keinen Bissen herunter bekommen heute."

Etela packt ihre Lebensmittel aus, die sie gerade mit genommen haben. Sogar Kuchen ist dabei.

Die Zwei lassen es sich schmecken.

Es klopft an der Tür.

"Ja?"

"Jarosch."

"Hat der uns gehört?", fragt Karinka flüsternd.

"Er hat das Zimmer neben uns."

"Ist das Fenster zu?"

Etela schaut aufgeregt.

"Ja. Gott sei Dank."

"Er muss uns trotzdem gehört haben. Wir haben sonst Nichts vereinbart."

"Mach ihm auf", sagt Karinka.

Karinka ist neugierig geworden, was er will.

Etela wirft sich das Laken über und öffnet die Tür. Jarosch steht mit einer Flasche Wein da.

"Ich wollte mit Euch, Karinkas Begrüßung feiern."

Beim Blick über die Schultern von Etela, bemerkt er Karinka. Karinka wollte sich gerade etwas bedecken. Aber das Laken hat Etela schon. Seine

Hose zeigt eine Reaktion. Karinka staunt beim Anblick der Erhebung.

"Bist du der Klempner?", fragt sie Jarosch lachend.

"Er hat sogar das Rohr mit", scherzt Etela.

"Zufluss oder Abfluss?", fragt Karinka. Die Drei lachen ausgelassen.

"Ich drehe einen anderen Film ein", sagt Etela.

"Sonst platzt seine Hose", ergänzt Karinka.

Die Drei trinken etwas Wein. Auch Slivovica. Im Laufe des Abends kann Etela - Jarosch überreden, sein Ding zu zeigen. Auch in dem Wissen, mit dem ist heute Nichts mehr anzufangen. Er zeigt die Schnecke. Etela reibt etwas an dem Ding. Er wird fest. Aber nicht steif. Karinka nutzt die Chance und fotografiert das Teil. Mehrmals. Aus allen Perspektiven. Es blitzt etwas und Jarosch stört das schon nicht mehr. Es scheint, als sähe er das als Werbung. Alle schlafen im Bett bei Etela und Karinka.

Am Morgen muss Jarosch relativ früh aufstehen. Er streichelt die Zwei Frauen und verabschiedet sich mit einem Kuss. Nicht auf den Mund. Die zwei entzückenden Hinterteile liegen frei. Beide bemerken das, aber rühren sich nicht. Sie spielen Schlaf. Kaum ist er draußen, flüstert Karinka zu Etela:

"Aber lieb ist er. Er hat ein weiches Herz."
Beide warten noch, bis Jarosch das Haus
verlassen hat. Er pfeift vor Tür. Einen Titel von
Prinz. Etela pfeift gleich mit.
"Wir bleiben noch etwas liegen", sagt Karinka.
"Mein Kopf drückt ein bisschen."
"Den Zustand wirst du jetzt etwas öfter haben."
"Das werde ich vermeiden", antwortet Karinka.
"Willst du nicht mal die Fotos anschauen?"
"Wir können die uns im Fernseher anschauen."
"Wenn das funktioniert", antwortet Etela. "Sonst
bleibt dir noch der Laptop."
"Dort schauen wir uns das Teil an. Er ist wirklich
groß."
"Aber Vorsicht. Ohne Vorbereitung geht der
nicht dort hin, wo du es gern hättest."
"Das glaube ich gern. Die Vorbereitung wirst du
doch sicher übernehmen."
"Zu gerne. Mir wäre deine Muschi unberührt
lieber."
"So ganz unberührt ist die nicht."
"Geblutet hast du aber nicht."
"Das wundert mich schon auch. Mir hat dabei
auch Nichts weh getan."
Etela küsst das Schambein Karinkas vor Freude.
Die Zwei schlafen noch einmal ein bis der
Wecker klingelt. Glücklich und umarmt.

Nach dem Duschen gehen die Zwei zum Frühstück. Das Personal arbeitet bereits im Hochdruck. Die Zwei müssen die Bar noch fertig bekommen. Die sieht recht zivil aus. In knapp zwanzig Minuten ist Alles erledigt.

Die Tür springt auf und Tim, ein Koch, bringt ihnen das Frühstück. Etela dankt ihm dafür. Sie zwickt ihn etwas in den Hintern.

"Das ist Tim. Ein Prachtkerl", sagt sie lüstern zu Karinka. Tim geht aber schnell wieder.

"Viel zu tun", entschuldigt er sich mit wenigen Worten.

"Du hast wohl Alle schon probiert?", fragt Karinka.

"Das ist mein viertes Jahr hier. Ich finde das natürlich. Wir suchen immerhin einen Partner."

"Das wird auch langsam Zeit. Wenn ich bedenke, wann unsere Eltern geheiratet haben."

"Du weißt ja. In der Mitte muss es passen. Der Rest kommt von allein."

Kaum ist das Brötchen bestrichen, öffnet sich die Tür. Ein Hausgast kommt rauchend in das Stübele.

"Guten Morgen. Hier ist der einzige Platz, an dem ich rauchen kann."

Er fragt nicht, ob es den Zweien passt. Zum Glück raucht er keine Zigarre, denkt sich

Karinka. Zum Frühstück fände sie das etwas lästig.

"Ist die Straße zum Reschensee wieder frei?", fragt er.

"Das wissen wir nicht", antwortet Etela.

Karinka tritt sie unter dem Tisch. Ihr Augenspiel beginnt. Offensichtlich gefällt Karinka der Gast. Sie gibt ein Zeichen auf die Hose des Gastes. Etela zeigt ihr mit den Augen, er ist ein Stammgast. Ein Freund des Hauses.

"Gestern haben sie die Grenzen geschlossen", sagt der Gast. "Irgend ein Virus."

Die zwei Frauen reagieren erst mal nicht. Sie essen. Etela bekommt immer vier Frühstückseier. Die Köche haben sich darauf eingerichtet. Gita aß immer zwei und Etela auch. Der Hausgast verabschiedet sich. Sehr wortreich. Die zwei Frauen nicken ihm freundlich zu.

Karinka beobachtet, wie Etela das Ei isst. Sie klopft mit dem Löffel die Spitze. Mit ihren Fingern zupft sie ein Loch durch die gesplitterte Schale. Jetzt schält sie die Spitze frei. Sie nimmt den Löffel. Den taucht ihn in etwas Salz und sticht sich vorsichtig die erste Kostprobe vom Ei ab. Das Ei ist gut gelungen. Das Gelbe ist schön flüssig.

"Ist das dein morgendliches Sperma?", fragt Karinka.

Die Zwei lachen köstlich.

"Die Prozedur erinnert mich an Etwas", fügt Karinka zu.

"Jahrelanges Training", antwortet Etela und lacht mit vollem Mund. Das Eigelb zeigt sich auf ihren Lippen. Karinka küsst es ab.

"Du Ferkel!"

"Wir können uns noch etwas frisch machen. Bis zum Personalessen ist noch reichlich Zeit."

"Das frisch Machen meinst du?"

Karinka dreht die Zunge über ihre Lippen. Die Zwei nehmen die Brötchen mit.

"Wir haben selten so schöne Möglichkeiten", sagt Etela.

Offensichtlich scheint es in der Hauptsaison etwas strenger zu werden. Die Zeit der Nachtruhe verkürzt sich erheblich. Etela gesteht ihr, im Sommer kommt noch die Terrasse dazu. Und dort geht es sehr lange. In dieser Zeit hilft Clara mit im Stübele. Bei Jarosch.

"Die Zwei haben etwas zusammen", gesteht Etela - Karinka.

"Und Hubertus?"

"Das hörst du bei Gelegenheit im Zimmer von Lina."

"Alle Drei?"
"Das weiß ich nicht."
"Aber Ella und Sofia werden doch sicher nicht aus dem Zimmer gehen."
"Das bezweifle ich auch."
"Oh. Dann ist ja Hubertus gut versorgt."
"Ella sagt, Hubertus hätte ein schönes Thermometer."
"Ella kam mir schon auch etwas fiebrig vor."
"Wie meinst du das?"
"Ella wirkt etwas zerstreut. Ihr fällt ziemlich Viel aus der Hand. Sie ist auch etwas hyperaktiv."
"Du musst sie mal beobachten, wenn sie die Wäsche sortiert. Die Familienwäsche."
"Was ist da Besonderes?"
"Sie riecht immer an der Unterhose vom Chef."
"Nein!"
"Beobachte das mal."
Etela und Karinka sind in ihrem Zimmer angekommen. Bei den Zimmermädchen hören sie ein Stöhnen.
"Wie scheint, ist Hubertus da."
"Jetzt würde ich gern im Wäscheschrank stehen", sagt Karinka.
"Ella wirkt immer unberührt. Fast abweisend."
"Ella muss ich schon über ein Jahr nicht mehr trösten", bedauert Etela.

Im Zimmer angekommen, gehen die Zwei
natürlich gleich duschen.
"Liebst du Frauen mehr oder Männer?", fragt
Karinka.
"Seit dem du hier bist, dich."
"Ich höre in fast jeder Antwort von dir ein
Kompliment."
"Du hast mich vollends gedreht."
Nach dem Duschen liegen die Zwei auf dem
Bett. Es laufen die üblichen Filme. Karinka
durchsucht ihr Handy. Eine Nachricht ist drauf.
Aus Südtirol. Einladung zu Vorstellung. Etela
stellt schnell den Laptop an und sucht den
Betrieb.
"Der ist schön. Und groß ist er auch."
"Gefällt er dir?"
"Ja schon. Er sieht etwas besser aus als unserer
hier."
"Du hast doch schon in Südtirol gearbeitet. Wie
ist es dort?"
"Etwas wärmer als hier. Du kannst eine Freundin
von mir anrufen. Sie ist dort."
Etela wählt die Nummer. Gelika nimmt ab. Sie ist
auf einem Gästezimmer. Etela fragt sie, ob sie
Karinka mal erklären kann, wie es in Südtirol ist.
Sie gibt Karinka das Handy.

"Ich wollte von dir nur wissen, wo es dir mehr gefällt."
"In Österreich."
"Warum?"
"In Österreich bin ich eine Mitarbeiterin. Hier nicht."
"Erkläre mir das mal kurz."
"Die Chefs hier lieben die Leute, die sie am meisten betrügen, etwas mehr. Die Bedienungen und die Baristen."
Karinka schüttelt den Kopf.
"Zimmermädchen sind hier keine Kollegen. Sie sind minderwertige Putzkräfte. Jeder kann sie anstellen und ihnen Befehle erteilen. Prämien bekommen wir keine."
"Ja. Aber das sind eigentlich die wichtigsten Mitarbeiter."
"Sag das mal zu einem Chef hier."
Das Gespräch ist relativ kurz. Karinka wurde überzeugt. Trotzdem wollte sie den Betrieb mal sehen. Leider ist das nicht möglich. Die Grenze ist zu.
Die ersten Betriebe in Südtirol schließen.
"Da hast du eigentlich Glück, hier bei mir zu sein."
"Gibt es einen Weg, trotzdem dort rüber zu kommen?"

"Natürlich. Das hier ist und war eine Schmugglerhochburg. Ich rate dir trotzdem ab. Wir wissen nicht, ob die jetzt genauer nach schauen."

Etela stellt ihren Laptop um auf Liebesfilme. Sie hofft, damit Karinka etwas zu stimulieren. Ihre Hand rückt gleich anschließend auf Karinkas Bauch. Mit ihren Fingerspitzen ahmt sie Spinnenbeine nach.

Das gefällt Karinka. Sie macht das Gleiche bei Etela. Etela stöhnt. Als Aufforderung. Sie möchte mehr davon. Sie führt auch gleich das Handgelenk von Karinka. Tiefer. Sie hält kurz inne. Nach einer Minute führt sie die Hand wieder. Bis zum Näschen des Nestes. Karinka spürt eine warme Feuchtigkeit. Die Spinne wechselt jetzt die Geschwindigkeit. Ein Bein scheint sie nachzuziehen. Und schon stöhnt Etela. Ein gewaltiges Zucken begleitet das Stöhnen. Etela dreht sich um und will mit den Kopf zwischen Karinkas Beine. Karinka gibt nach. Und schon spürt sie die Zunge Etelas. Die streicht den Oberschenkel entlang in Richtung Schritt. Kaum ist sie in der Leistenbahn, fängt Karinka schon an zu stöhnen. Karinka will Etela etwas anregen. Und Etela lässt sich reizen. Sie setzt jetzt die Lippen mit voller Wucht ein. Etelas

Zunge findet ein kleines Näschen. Und dieses Näschen bewegt sie recht zügig zwischen den Lippen hin und her. Karinka bekommt einen Stromschlag, der sie stark zittern lässt. Etela kommt mit ihrem Kopf wieder zu Karinkas Hals. Sie küsst den Hals, den Mund und spielt mit ihren Fingern weiter in Karinkas Nest. Einen Finger gräbt sie im Anus ein. Der Honig aus Karinkas Nest, bringt einen leichten Eintritt. Karinka entspannt den Muskel. Der scheint zu rufen - komm rein.

Das Telefon klingelt. Das Haustelefon. Die Zwei erschrecken leicht.

"Was wird das jetzt?", ruft Karinka nach ihrem vierten Orgasmus.

Etela nimmt ab.

"Clara hat zur Personalversammlung gerufen. Wir müssen hin. Es gibt auch zu Essen."

Karinka wackelt noch etwas schwankend zur Dusche. Beide duschen zusammen. Sie reiben ihre Körper mit Seife aneinander und waschen sich dabei gegenseitig die die Liebesnester.

"Hör auf! Ich komme schon wieder!", ruft Karinka.

Etela tut nicht dergleichen. Sie erhöht die Geschwindigkeit.

Es klingelt noch einmal. Die Zwei sind schon beim Frottieren. Etela nimmt ab und ruft, "Wir kommen!"

Karinka muss lachen und steckt Etela an mit ihrem Gelächter. Die Zwei ziehen sich leger an. Den Trainingsanzug. Ohne Unterwäsche.

Kaum sind sie im Personalraum angekommen, werden sie lächelnd empfangen.

"Haben wir gestört?", fragt Clara und lacht herzhaft.

"Du hättest uns auch persönlich wecken können", antwortet Etela. Clara weiß schon, was sie meint.

"Ich muss Euch mitteilen, die Österreichischen Hotels müssen geschlossen werden."

Eine rege Diskussion setzt ein. Die Frage, wie es weiter geht, steht als Erste an.

"Die lassen Euch nicht mal nach Hause. Die Grenzen sind dicht für Ungeimpfte."

"Was machen wir jetzt?", fragt Etela.

"Wir haben noch ausreichend Vorräte für uns. Wir warten erst Mal ab."

"Ist denn heute das Stübele noch geöffnet?"

"Wir werden heute eine Art Abschiedsfeier für unsere Stammgäste organisieren. Das feiern wir im Speisesaal gleich am Anschluss."

Es gibt noch viele Fragen.

Zum Mittag hat die Küche etwas Besonderes gekocht. Grillhähnchen und Pommes. Dazu haben die Köche auch noch Haxen mit ein gehängt. Clara erwartet eigentlich noch eine Lieferung. Sie geht davon aus, die noch zu bekommen.

Einige Gäste verlassen das Hotel schon. Hubert hat viel zu tun mit den Abrechnungen. Es gibt reichlich Beschwerden. Auch Reklamationen. Einige wollen ihr gesamtes Geld zurück. Die Unversicherten.

Die einheimischen Kollegen gehen auch schon. Sie melden sich arbeitslos.

Nach dem üppigen Personalessen müssen die Zwei schnell das Stübele reinigen. Heute ist das etwas mehr Arbeit. Die enttäuschten Arbeiter haben ihrem Frust freien Lauf gelassen. Etela und Karinka packen sich jeweils ein Hähnchen und eine Haxe ein. Sie möchten auf dem Zimmer essen. Die Brötchen sind frisch. Und zahlreich. Die abgereisten Gäste haben wahrscheinlich die Brötchen des Vortages mit genommen. Der Service legt diese Brötchen zuerst aus. Natürlich etwas aufgebacken. Beim Gehen treffen die Zwei - Clara.

"Ich habe einen Plan, wenn die Schließung

länger dauert als erwartet. Ich komme dann mal zu euch, um den zu besprechen."

Etela wird hellhörig. Karinka auch. Clara küsst Etela. Etela ahnt, was Clara vor hat.

Kaum sind die Zwei auf dem Zimmer, schalten sie ihr Kino ein. Gegessen wird im Liegen. Fast wie im alten Rom. Etela spreizt die Schenkel vom Hähnchen und simuliert einen Akt.

"Ein Schwanz fehlt", sagt Karinka lachend.

"Der liegt in meinem Schrank", antwortet Etela.

"Den werden wir sicher noch ausprobieren."

"Den Einfachen oder den Doppelten?"

"Du hast den auch doppelt?"

"Für Vorne und Hinten."

"Ach so meinst du das?"

"Das gibt den vollen Genuss."

"Vibriert der?"

"Aber sicher. Ohne Vibration bleibt doch viel zu viel Handarbeit. Ich habe nur zwei Hände."

Beide lachen.

"Medusa bist du also nicht?"

"Wenn ich dich nehme, darfst du auch Medusa zu mir sagen. Ich schaue dich an und du wirst sofort wehrlos."

"Später. Zuerst kommt Clara."

Tatsächlich klopft es an der Tür. Clara ist da.

"Ich habe einen Plan. Wenn die Schließung
länger dauern sollte als erwartet."
Clara fällt sofort die leichte Bekleidung der Zwei
auf.
"Uns drücken ja auch ein paar Darlehen. Wir
müssen noch zweihundert Tausend bezahlen."
"Wird das nicht gestundet?"
"Bis jetzt gibt es keine Entscheidung."
"Hubertus kennt zwei Gäste, die betreiben
Sexportale. Ein Freund von Hubertus kann uns
die Software dazu einrichten."
Etela spitzt die Ohren.
"Das machen unsere Frauen zu Hause."
"Ja? Dann könnten wir das auch bei uns in den
Hotelzimmern tun."
"Das scheint erst Mal besser zu sein, als zu
hungern", antwortet Karinka.
Etela ist begeistert davon.
"Wir sind eigentlich viele Mitarbeiter. Das könnte
funktionieren."
"Wir müssen das mit Allen beraten", sagt Clara.
"Willst du mit machen?", fragt Etela.
Etela kennt Clara. Sie hatten schon Sex
zusammen. Etela hat das Karinka bisher nicht
erzählt. Jetzt ahnt es Karinka.
"Bei mir geht das wahrscheinlich nur maskiert."
"Das können wir schon verkraften", lacht Etela.

"Das Schönste von dir ist ja sichtbar."
Clara bedankt sich für das Kompliment. Clara ist immerhin eine Frau, Mitte der Vierziger. Etela hat sie früher einmal überrascht beim Duschen. Sie sollte die Privatwohnung putzen. Bis jetzt überlegt Etela, ob das Clara vorsätzlich so eingerichtet hatte. Bei dem Angebot, kommt sie zu der Überzeugung - ja. Gastronomen sind immerhin Menschen, die dafür zu wenig Zeit haben. Sie stehen immer unter Druck. Etela konnte Clara leicht verführen. Nach Etelas Behandlung wurde Clara bedeutend ausgeglichener. Sie hat ihre Souveränität zurück bekommen. Die hatte wegen der Kredite stark abgenommen. Zweifel bekamen zeitweise die Oberhand.
"Wann kommst du denn zum Training?"
Karinka muss lachen. Clara lacht mit.
"Heute geht es nicht mehr. Aber morgen."
Etela greift in die Schublade ihres Nachttisches. Sie holt einen schönen weichen Doppelten heraus und schwingt ihn.
"Wir warten."
Dann stellt sie die Vibration ein. Ein feines Summen füllt den Raum.
"Oh ja", stöhnt Clara und lacht.

"Die besten zwei Männer in Tirol. Kein Murren, keine Fahne."

Clara hasst Alkohol. Hubertus muss leider zu oft den Gesellschafter spielen. Und das schlägt gewaltig auf die Potenz. Die Zwei treffen sich leider zu selten in einem günstigen Moment. Viel zu selten. Clara wurde deswegen, oft, ziemlich ruppig.

Bei Etela hat Clara binnen kürzester Zeit, zehn Orgasmen bekommen.

"Weltrekord", hat Etela ihr ins Ohr gestöhnt.

"Ich war kurz vorm Verhungern", hat sie geantwortet.

Restlos erschöpft.

"Ich kann jetzt zwei Tage nicht sitzen", fügte sie noch erfüllt - lachend dazu.

"Das ist alle Mal besser, als bei jedem Schritt, zwei Zehntel Sperma zu verlieren", hat ihr damals Etela geantwortet.

"Mit dem Öl in der Muschi fiel mir das Treppen steigen sogar leichter."

Die Zwei scheinen sich an gute Zeiten zu erinnern.

Alle Drei lachen herzhaft.

"Wie ist denn Karinka", fragt Clara.

"Tutto fare", antwortet Etela.

"Morgen kannst du das bewundern."

Karinka bekommt spitze Ohren.

"Redet ihr über mich?"

"Vorfreude", antwortet Clara.

Etela streichelt über Claras Hintern.

"Schön weich. Geschmeidig. Ich könnte den gleich hier küssen."

"Bis Morgen musst du warten. Ich leider auch."

Clara geht blitzartig auf die Bettseite von Karinka. Sie zieht die Trainingshose auf der Bauchseite ab.

"Wunderschön", stöhnt sie.

Karinka bemerkt das Interesse. Sie dreht sich um.

"Und das hier?"

Clara zieht auch auf dem Hintern die Hose ab.

"Mein Gott. Das Paradies."

Sie küsste den Hintern.

"Nach Rosen duftet der auch noch."

Karinka reagiert schnell. Sie greift Clara in den Schritt.

"Eine dicke Muschi!", ruft sie.

"Das hat uns noch gefehlt."

Die Drei lachen lüstern.

"Hast du noch deine Filme?"

Etela sagt ihr, sie hat jetzt bedeutend bessere.

Clara kann sich schlecht trennen von den Zweien.

Nach dem Abschied von Clara, essen die Zwei weiter. Sie schauen einen Spielfilm an. Zwei Stunden können sie noch schlafen. Das werden sie auch brauchen. Die Abschiedsfeier geht sicher sehr lange.

Nach ihrer Tagesruhe, gehen die Zwei zu ihrem Dienst. Und der beginnt gleich mit einer Jause. Clara hat sich entschieden, im Stübele eine Jause einzurichten. Das Vor- oder Abschiedsessen. Die Reste des Vortages sollen an den Mann gebracht werden. Es gibt reichlich ungeplante Abreisen. Die Vorbereitungen der Küche für das Menü, sind jetzt übrig.

"Wenn die das jetzt bekommen, haben die heute Abend weniger Hunger", sagt Etela zu Karinka.

"Was gibt es denn heute Abend?"

"Irgend Etwas mit Rindsfilet."

"Das wird für uns ein Feiertag."

"Ich rede mal mit Tim. Vielleicht ist Etwas übrig für uns."

Gäste, die erst am kommenden Morgen abreisen, sind geblieben. Auch die bekannten Stammgäste. Gäste von der Straße sind nicht mehr zugegen. Wahrscheinlich müssen sie in ihrem Hotel oder zu Hause bleiben.

In Südtirol werden die Menschen bereits zu Hause eingesperrt. Sie dürfen sich im Ort bewegen. Für Einkäufe. Auch auf dem Grundstück. Sogar auf dem eigenen Balkon. Radfahrer dürfen nackt fahren. Das ist Sport. Und Sport treiben ist erlaubt. Motorsport natürlich nicht. Das ist kein Sport. Nur dem Namen nach. Karinka kann das nicht verstehen.

"Die Motorradfahrer sind doch geschützt. Mit Vollhelm, Stiefel, Motorradkombi und Handschuhen", sagt sie.

"Die faschistische Diktatur wird vorbereitet", antwortet Etela.

"Das riecht nach Krieg", sagt Karinka.

"Wir werden uns um unser Überleben kümmern", antwortet Etela. "Nach Hause können wir nicht."

"Du meinst das Angebot von Clara?"

"Aber sicher. Mit uns gibt das sicher keine Schlagzeilen. Uns kennen nur ein paar Hausgäste."

"Und schön ist es auch. Weil wir uns kennen."

"Machen wir es wie die Firmen. Wir werden die Not zum Geschäft machen. Steuerfrei."

Im Stübele angekommen, steht schon ein Teil des Buffets. Clara ist ganz aufgeregt. Trotzdem sehr ruhig. Hubertus wirkt etwas ausgeglichener. Ein leichtes Grinsen ist auf seinem Gesicht.

"Ella hat's ihm gegeben", flüstert Etela.

Karinka lacht. Clara hat das bemerkt. Sie schaut zu den Zweien.

"Morgen kommt schon mein Freund und richtet uns die Zimmer ein."

"Hoffentlich sind wir dann wieder nüchtern", antwortet Etela.

"Schau einfach die Frauen unserer Stammgäste an. Das wirkt Wunder."

"Hubertus wirkt recht ausgeglichen."

"Er war bei Ella und Lina."

"Du weißt das?"

"Natürlich. Mich freut das sogar. Sonst schwitzt er den ganzen Tag. Und er trinkt jetzt weniger."

"Kommt Jarosch heute vorbei?"

"Du weißt aber wirklich Alles, Etela."

"Wir freuen uns auch. Jarosch wirkt in letzter Zeit ziemlich friedlich."

"Vielleicht liebt er das Weiche?", fragt Karinka.

"Du Schlimme", zischt Clara. Sie streichelt dabei Karinkas Hintern. Sie macht das sehr geschickt. Karinka zeigt gleich eine Reaktion. Die Brustwarzen werden steif.

"Jetzt kannst du kassieren gehen."

Clara lacht. Sie drückt ihr die Brieftasche in die Hand.

"Das Geld ist abgezählt. Du haftest als Zahlkellner."

Karinka freut sich. Endlich darf sie kassieren. Jetzt, wo keine Gäste mehr da sind. Sie findet das schade.

"Keine Angst. Du wirst die Brieftasche noch brauchen."

Clara streichelt ihr über den Kopf.

Beim Bedienen bekommt Karinka das übliche Trinkgeld. Manchmal auch einen Klaps auf den Hintern. Auch wieder Scheine in den Ausschnitt des Dirndls. Dort sammelt sich heute bedeutend mehr Geld. Begleitet von Angeboten. Karinka lehnt nicht ab. Sie vertröstet auf später.

Zwischen den Scheinen befinden sich Zettel mit Zimmernummern. Sorgfältig eingefaltet. Sie fragt sich gerade, was deren Frauen tun. Sollen die zuschauen? Mitmachen? Ausgehen? Eigentlich müsste sie das in Erfahrung bringen. Einfach am Tisch fragen? Das verschiebt sie auf später. Wenn der Alkohol etwas wirkt.

Die Abschiedsfeier wird feucht. Feuchter als gedacht. Clara freut sich über die letzten Einnahmen. Die braucht sie für die Bedienung des Darlehens.

"Wir werden zusammen noch das Sparschwein schlachten", sagt sie zu Karinka.

"Welches Sparschwein?"

"Das, für das Trinkgeld. Das steht an der Rezeption. Jarosch hat auch eins."

"Ich muss erst Mal mein Geld aus dem Ausschnitt nehmen. Es fängt langsam an zu kleben."

"Wir gehen mal auf die Toilette vom Personal."

Die Zwei gehen zusammen in Richtung Toilette. Jarosch schaut den Zweien hinterher. Er gibt Etela ein Zeichen mit den Augen. Etela muss lachen.

Clara nimmt Karinka aber mit ins Büro.

"Hier kannst du dein Geld zählen. Die Toilette ist kein guter Platz dafür."

"Wo ist Hubertus?"

"Er ist bei Jarosch."

Karinka dachte sich das. Sie hat Hubertus nur nicht bemerkt.

Karinka öffnet die Schnur. Die Scheine purzeln zu Boden und auf den Schreibtisch. Clara staunt.

"Beliebt bist du aber schon. Ziemlich beliebt, würde ich sagen."

"Bekommen das die Anderen nicht?"

"Vergleiche das mal mit Etela. Etela wird viel weniger haben als du."

"Wie viel hast du denn im Ausschnitt?"

Clara lüftet ihren Ausschnitt. Drei Scheine

purzeln zu Boden. Große Scheine. Sehr große Scheine.

"Du hast richtiges Geld am Herzen. Bei mir ist es dagegen eine Papiersammlung."

Clara muss lachen. Nach dem Zählen, wissen es die Zwei. Karinka hat fast vierhundert Euro eingenommen. Clara hat das mit drei Scheinen übertroffen.

"Musstest du dafür Etwas tun?"

"Ja. Etwas Handarbeit auf der Toilette."

"Du hast Denen das Ding bei Pinkeln gehalten?"

"Ich hab Denen das Ding abgeschlagen. Aber richtig."

"Da sieht man mal, für was Toiletten gut sind. Besteht da jetzt keine Rutschgefahr?"

"Hubertus kümmert sich darum."

"Hubertus weiß das?"

"Natürlich. Einer muss die Darlehen verdienen."

"Geschäft vor Ethik?"

"Falsch. Geschäft mit Ethik."

"Verstehe ich da Etwas falsch?"

"Wir Zwei arbeiten für diesen Betrieb. Mit Euch. Für unsere Schulden. Ihr bekommt etwas Lohn. Später – Prozente. Für uns steht der Betrieb auf dem Spiel. Unser Zuhause."

"Wir werden zusammen kämpfen", sagt Karinka.

"Vergeß aber deine Familie nicht."

"Ich überweise immer Tausend. Das habe ich versprochen."
"Hast du einen Führerschein?"
"Ja. Das haben wir gleich in der Schule gemacht."
"Das nenne ich mal Bildung. Ich trockne dir mal deine Brust ab."
"Das kann ich auch selbst."
"Aber sicher nicht so gut wie ich",antwortet Clara und lacht. Clara wechselt gleich ihr Dirndl mit. Sie trägt tatsächlich keine Unterwäsche. Karinka bekommt jetzt die Bestätigung der Aussage über das Trinkgeld.
"Du hast ja Nichts drunter."
"Wenn ich die Männer abschlage, wollen die gern etwas Fleisch in der Hand haben. Frauenfleisch."
"Ah. Dann geht es schneller."
"Manchmal zu schnell. Auf dem Dirndl landet oft ein Spritzer."
Beide lachen. Clara kommt mit einem feuchten Tuch. Sie reibt die Brüste von Karinka. Karinka wird gleich fester an der Brust.
"Schön?"
Karinka lässt sich nicht zwei Mal fragen. Sie greift Clara gleich ans Schambein. Feucht.
"Hier kannst du auch mal Frottieren", sagt sie lachend zu Clara.

"Danach", stöhnt Clara.

"Du kommst aber recht schnell. War Jarosch etwas nachlässig?"

"Jarosch darf bei mir nur die Kellerpforte benutzen. Ich nehme keine Pille."

"Tut das nicht weh?"

"Du musst nur gut ölen."

"Aber das Riesending."

"Im Rosettchen wird der etwas passender."

"Gut, dass ich das mal erfahre."

"Bei deiner zukünftigen Arbeit wirst du das schnell lernen."

"Ich freue mich schon irgendwie darauf. Spaß und Geld."

Clara klärt Karinka etwas auf. Die ersten Wochen wird das noch nicht der volle Erfolg. Das ist immerhin ein Kaltstart.

"Die Pandemie wird uns schon etwas helfen", tröstet sie Karinka.

"Willst du auch schnell Einen?", fragt Clara.

"Ich denke, Etela wird das schon tun heute Abend."

"Ist Etela gut?"

"Die macht mir Zehn hintereinander. Und dann will sie immer noch mehr. Bis der Hahn glüht."

"Das kann ich mir gut vorstellen. Ich kenne Etela. Sie macht das zu gern."

"Vielleicht hat sie dazu gelernt? Bei Gita?"
"Oh ja. Gita ist extrem scharf."
Clara fühlt noch einmal in Karinkas Schritt.
"Hier müssen wir aber auch etwas Frottieren."
Sie nimmt das Frottiertuch. Das duftet. Nach
Rosen. Zehn kurze Bewegungen hin und her.
Karinka zuckt. Sie steht steif mit dem Hintern am
Schreibtisch.
"Also doch", sagt Clara und küsst Karinkas harte
Brustwarzen. Die umkreist sie mit der Zunge.
"Hör auf. Ich kann sonst nicht mehr arbeiten."
"Vielleicht komme ich schon heute Abend mit zu
dir und Etela."
"Wir nehmen dich in die Mitte."
Karinka spürt in Claras Schritt einen kleinen
feuchten Nachschub.
"Du musst schon wieder waschen."
"Wir müssen schnell gehen. Du bist einfach zu
reizend für mich."
"Hast du etwas Schnaps hier?"
"Ja. Wir trinken Einen. Das kühlt uns etwas ab."
Clara hat im Schreibtisch eine kleine Hausbar.
Für Vertreter und Gäste. Aus Aprikosen, Kirschen
und Zwetschgen, stellt sie ihren eigenen Likör
her. Der schmeckt vorzüglich. Beide trinken sich
durch das Sortiment. Nur Kostproben.

"Eine Probe kannst du zu uns aufs Zimmer mitbringen."
Clara verspricht das.
"Das trinken wir aus deinem Nabel und lecken es von deinen Brüsten."
Clara wird fast verrückt.
"Hör auf! Wir kommen hier nicht mehr raus."
Karinka küsst die schönen weichen Brüste von Clara. Die großen Brustwarzen bündeln sich.
"Los geht ' s", sagt sie. "Das ist nur zur Erinnerung."
Kaum sind sie im Stübele, wird es ziemlich lebhaft. Sie werden sofort bemerkt. Mit Kommentaren.
"Wo wart ihr denn so lange?"
"Geld zählen", antwortet Clara überlegen.
Jarosch muss lachen. Wahrscheinlich sieht er, was er sehen wollte.
Etela schwitzt etwas. Sie bittet um eine kleine Pause.
"Du musst mal die zwei Separees mit machen", sagt sie zu Karinka. "Ich muss mich erst Mal abtrocknen."
"Von dort komme ich gerade."
"Mit Clara?"
"Sie will heute bei uns mit schlafen."

"Oh. Das wird schön. Wir werden noch Etwas zu Essen brauchen."

"Clara bringt uns Etwas zu Trinken mit."

"Oh. Den guten Likör."

"Du kennst den?"

"Und ob. Frag mal Jarosch und Hubertus. Ich muss erst Mal kurz gehen."

Karinka geht zu den zwei Separees. Dort wird sie erwartet.

"Die Schönste des Abends kommt", sagen zwei Stammgäste. Die haben gleich ihre Hände unter Karinkas Dirndl vergraben. Karinka spürt eine Hand an ihrem Nest.

"Du Ferkel!", ruft sie halblaut.

Gleichzeitig spürt sie die andere Hand zwischen ihren Brüsten. Auch Geld. Papiergeld.

"Werner. Ich bin Stammgast bei Clara und Hubertus."

Werner scheint etwas um die Sechzig zu sein. So alt schätzt ihn Karinka.

"Begrüßt du Clara auch so?"

"Immer. Aber du bist doch viel knackiger."

"Und viel teurer."

"Tut mir Leid. Da muss ich erst meine Frau fragen. Sie hat das Geld."

"Ist die Frau schon auf dem Zimmer?"

"Willst du mit kommen?"

"Jetzt geht das nicht. Ich muss Etela vertreten."
"Etela ist doch mit meiner Frau schon auf unserem Zimmer."
Karinka staunt etwas. Das hat ihr Etela nicht gesagt.
"Nein. Ich muss hier bleiben. Jarosch und Hubertus brauchen mich."
"Bring uns mal Etwas zu Trinken."
"Gerne."
Werner deutet auf eine Sektflasche. Karinka weiß Bescheid.
Werner legt die Flasche auf den Tisch und dreht sie. Der Hals zeigt direkt auf Karinka.
"Fünf Umdrehungen und du ständest nackt vor mir."
"So viel würde ich gar nicht brauchen. Ich habe keine Unterwäsche an."
Werner wird fast wild. Er würde zu gern gleich nach schauen.
"Was will der?", fragt Jarosch an der Bar.
"Sekt und Sex."
"Von mir kann er nur Sekt bekommen."
"Und von mir keinen Sex. Was machen wir da jetzt?"
"Ich schicke Hubertus."
Hubertus hört das.

"Ich bringe das hin. Werner kann gar nicht mehr. Er ist taub. Ein Unfall."

"Na dann, kann ich den Sekt auch bringen."

Hubertus lacht. Jarosch auch.

"Du kannst Werner aber etwas Handarbeit anbieten. Das mag er. Clara tut das manchmal bei ihm. Jarosch auch."

"Und seine Frau?"

"Das ist eine Landsmännin von dir. Lea. Sie hat bei unseren Eltern bedient. Werner hat sie geheiratet."

"Wohl eher umgekehrt?"

"Das scheint nahe zu liegen. Jarosch kümmert sich um Lea, wenn sie bei uns sind."

"Und was ist dann mit Werner?"

"Der war immer die Aufgabe von Clara oder Etela. Massage."

"Ich dachte, er ist taub?"

"In deren Händen, ist gar Nichts taub."

"Mit Handarbeit kann ich ihm auch helfen."

"Mach das. Er ist sehr dankbar."

"Zusammen mit Jarosch?"

"Ich werde ihn fragen. Nach der zweiten Flasche Sekt? Naja. Das wird eher ein Spaß für Lea."

"Animiert ihn das wirklich?"

"Schon. Dann kannst du auch mal schön den Liebesknüppel Jaroschs bewundern."

"Abgemacht."

Karinka bringt ihm mit Jarosch zusammen den Sekt. Werner freut sich sehr darüber. Er entschuldigt sich bei seinen Tischnachbarn.

"Wir können gehen", sagt er zu Jarosch.

Kaum sind sie am Zimmer, öffnet Lea die Tür. Irgend Jemand hat sie angerufen. Sie kann unmöglich wissen, wer kommt. Lea hat ein seidenes Negligee an. Karinka kann Alles erkennen. Lea ist schön. Auf ihre Art. Für eine vierzig Jährige. So schätzt Karinka. Sie vergleicht ihr Alter mit dem Claras. Beim Gehen bewegt sich der weiche Hintern. Sehr schön, denkt Karinka. Jarosch verfolgt die herrliche Bewegung. Die Hose spannt sich. Werner folgt Lea und hebt mit der Hand kurz die rechte Backe des schönen Hinterns. Karinka greift ihm an die Hose. Sie möchte wissen, ob sich Etwas regt. Es regt sich Etwas. Nicht steinhart. Aber immerhin. Karinka schöpft Hoffnung. Vielleicht wird der Abend doch nicht so mühevoll wie gedacht. Jarosch öffnet den Sekt. Werner geht inzwischen Duschen. Lea setzt sich in den Sessel der Sitzgruppe. Sie zeigt Jarosch ihr Paradies. Im Zimmer duftet es. Karinka kann nicht erraten, nach was. Süßlich. Aber nicht lästig. Fast wie

Schokolade, Zimt, Mandarine und Marsala.
Jarosch gießt Allen ein Glas Sekt ein.
"Zum Wohle."
"Gehst du auch Duschen?", fragt Lea.
Jarosch steht sofort auf und geht Werner
hinterher.
"Werner greift zu gern Jaroschs Zauberstab an.
Das beflügelt ihn."
Karinka setzt sich zu Lea. Sie reden Etwas
miteinander. Karinka greift Lea dabei auf den
Oberschenkel. Lea zeigt ihr, sie mag das.
"Du wohnst mit Etela zusammen?"
"Ja. Woher weißt du das?"
"Etela hat es mir gesagt."
"Schade. Ihr reist morgen ab."
"Werner möchte gern ein Kind. Wenn du das hin
bekommst..."
"Ich versuche mein Bestes."
"Zieh dich ruhig mit aus. Das wirkt auf ihn."
"Aber Jarosch übernimmt das doch bei dir?"
Lea zeigt Karinka das Öl. Dann ihren schönen,
weichen Popo.
"Das ist für Jarosch. Werner sieht das zu gern."
"Geht der denn rein bei dir?"
"Nach der ersten Dusche, schon."
"Machst du die bei ihm?"
"Das kannst du, Werner oder ich tun. Normal tut

es Werner und wir zeigen Jarosch unsere Paradiese."

"Werner kann das wohl gut bei Jarosch?"

"Der kann das sehr gut. Frag Jarosch. Aber ich tu es auch sehr gern. Ich brauche zwei Hände dafür."

"Das Riesending habe ich schon gesehen. Auch fotografiert. Angegriffen auch. Jarosch hat bei uns geschlafen."

"Und sonst nichts?"

"Er war Stock besoffen."

"Und? Hast du das Ding mal etwas bewegt?"

"Schon. Er wurde zwar fest, aber nicht hart."

"Viel fester wird der nicht. Der ist so. Wie ein guter Dildo."

"Ohne Vibration."

"Leider. Das mache ich mit meinen Fingern. Auch manchmal mit einem Vibrator. Jarosch sagt, er würde das spüren."

"Im Hinterstübchen?"

"Ich halte das Ding auch manchmal etwas tiefer. Den Kleineren stecke ich direkt rein."

"Also, nimmst du Zwei?"

"Und mehr."

Werner führt Jarosch an seinem Stock ins Zimmer.

"Habt ihr euch schon warm gemacht?"

Jarosch lacht. Ein Tröpfchen Sperma hängt an seiner reisengroßen Eichel. Werner wischt sich demonstrativ den Mundwinkel. Lea wartet nicht lange. Sie tropft sich das Öl auf ihren schönen Anus. Mit dem Finger verteilt sie es. Die steckt den Zeigefinger in ihre Rosette. Sie stöhnt dabei. Werner scheint das anzusprechen. Karinka nimmt gleich seinen Schweif in die Hand. Der regt sich. Karinka schöpft Hoffnung. Ihr scheint, die Drei haben Routine. Die sehen sich nicht das erste Mal. Trotzdem kommt ihr das Alles etwas zu mechanisch vor. Fast, wie eine Pflichtübung. Ohne Liebe. Des Aktes wegen.

Werner nimmt die Rute Jaroschs in die Hand und führt sie. In das Schokostübchen Leas. Nicht in die Dose. Sie reibt Werners Penis schneller. Der fängt langsam an, Form zu bekommen. Karinka staunt. Werners Rute ist auch nicht die kleinste. Werner lässt es sich nicht nehmen, die Muschi Karinkas zu reizen. Karinka kommt. Sie ist den Anblick einfach nicht gewohnt. Sie ist nicht überfüttert. Aber neugierig. Das scheint auch Werner anzusprechen. Jarosch kommt. Auf den Bauch Leas. Auf die Muschi. Zwischen die Oberschenkel. Selbst der Anus ist gut gefettet. Jetzt bewegt sich Werner in Richtung Leas Muschi. Karinka steckt den Penis Werners dort rein. Lea stöhnt. Sie will Werner wild machen. Und er wird wild. Fünf, sechs, sieben tiefe Stöße. Jarosch steckt Werner den Finger in den Anus und Werner hält verkrampft inne. Bei der Gelegenheit versucht Jarosch, sein Riesending in Karinka zu versenken.

"Ich bin sterilisiert", flüstert er ihr ins Ohr.

"Keine Angst."

Karinka öffnet ihre schöne Tulpe. Werner hat sie gut angefeuchtet. Er lacht, als er Jarosch eindringen sieht.

"Geschafft! Wir haben es geschafft."

Jarosch spendet Karinka eine Fontäne. Nicht so reichlich wie bei Lea. Aber mit einem gewaltigen Druck. Ein paar Spritzer landen am Kinn von Karinka.

"Nicht schlecht", sagt er zu ihr.

"Jungfrau?"

Karinka wird etwas rot.

"Nein. Nur wenig benutzt."

Lea nimmt den Kolben von Jarosch in den Mund. "Meine große Herzkirsche", sagt sie. Sie küsst den Kopf saugend. Umkreist ihn mit der Zunge. Werner küsst die feuchte Muschi Leas. Er blickt dabei auf die von Karinka. Und schon steckt er seine Lippen an Karinkas schönes Nest. Die Zunge Werners kreist an den Lippen der Pussi.

"Wunderschön. Jetzt könnte ich ruhig sterben."
Lea reibt seinen Schwanz dabei. Sie drückt etwas
fester. Kein Tropfen darf zurück bleiben. Sie
fängt das Sperma mit der anderen Hand auf und
reibt sich damit die Muschi. Stöhnend.
"Jetzt werde ich erst Mal ruhiger", flüstert sie zu
Werner.
"Lass uns Etwas trinken und erzählen."
"Willst du nicht Duschen?", fragt Lea.
"Nein. Duschverbot. Das ist ein Feiertag für uns."
Karinka neigt auch dazu, die schöne Feuchtigkeit
zu genießen. Jarosch kommt ihr ausgesprochen
lieb vor. Friedlich. Sogar etwas heiter und lustig.
Sie reibt wieder seinen Kolben. Der scheint
kaum kleiner zu werden. Er tropft etwas nach.
Mit jeder Bewegung, kommt ein neuer Tropfen.
"Das ist meine Fettspritze", sagt er lachend.
"Damit bekomme ich jede Fuge dicht."
Werner kommt beim Sekt trinken zum Thema. Er
bedankt sich mit ganz lieben Worten bei Jarosch
und Karinka.
"Du hast mich wieder zum Leben erweckt", sagt
er ihr. Dabei hält er drei Zweihunderter in der
Hand.
"Das ist dein Lohn. Gut so?"
Karinka antwortet nicht. Er legt noch einen
drauf.

"Danke. Ich bin nur sprachlos."
Jarosch gibt er auch sechs Hundert.
"Bei deiner Kur habe ich überlegt, ob ich nicht die Straßenseite wechsle."
"Ja nicht", ruft Lea. "Du warst spitze heute."
Karinka möchte Duschen.
"Ich muss noch zu Clara heute."
"Ich komme mit", sagt Jarosch.
Die Rute schlägt beim Gehen an seine Oberschenkel. Klatschend. Lea wird wieder scharf bei dem Geräusch.
Aber Jarosch muss gehen. Lea nimmt Werners Flöte in den Mund. Es funktioniert.
Karinka wäscht Jaroschs Penis unter der Dusche.
"Der ist schön", sagt sie zu Jarosch.
"Willst du ihn haben?"
"Jetzt nicht noch mal. Ich muss noch arbeiten."
"Ich auch. Ich helfe dir. Clara und Hubertus werden sicher schwimmen in der Bar."
Sie gehen nach dem Duschen in die Bar. Der Andrang hat erheblich nachgelassen. Karinka räumt ihr Geld um. Das will sie sicher haben.
Clara schaut Karinka an.
"Du siehst gut aus."
"Danke."
"War der Besuch erfolgreich?"
"Das kann man behaupten. Danke."

"Das freut mich."

"Wann machen wir denn Schluss heute?"

"Ich schätze, in einer Stunde."

"Wo ist den Etela?"

"Hinten, im Separee. Du kannst den Gästen mal ein paar Canapes bringen."

Karinka bringt die Canapes ins Separee. Etela sitzt an der Stirnseite der Sitzgarnitur. Bei ihr sitzen drei Gäste. Zwei Herren und eine Dame. Die Dame benimmt sich wie die Sekretärin der Herren. Sie sitzt genau zwischen den Herren. Wenn sie raus muss, ist sie immer gezwungen, über einen der Herren zu steigen. Offensichtlich ist das so erwünscht. Sie scheint extra leicht bekleidet dafür. Etela wirkt etwas abgelenkt. Sie hilft gerade der Sekretärin heraus. Dabei legt sie die Hände an ihre Hüften. Die scheint Nichts zu spüren. Etela bemerkt Karinka sofort. Die Sekretärin bemerkt sie auch. Halb abwesend.

"Oh. Zu Essen", sagt sie. Es klingt geheuchelt und etwas betrunken. Die Herren schauen sich untereinander an.

"Ah. Die Ablösung kommt", sagt Einer zum Anderen.

"Nein. Canapes", antwortet Karinka. Etela muss lachen. Sie hört sich schon eine geraume Zeit die Gespräche der zwei Herren an.

"Wollen sie noch Etwas zu trinken?"
"Nein danke."
Etela geht zusammen mit Karinka.
"Die wollen ihre Sekretärin zusammen nehmen."
"Das gibt Morgen viel Arbeit auf deren Zimmer."
"Das könnte sein. Die wollen spät aufbrechen."
"Dann haben wir ja viel Zeit."
"Bei unseren Gästen brauchen wir das auch."
Die Zwei freuen sich.
"Wir nehmen Clara in die Mitte", sagt Etela.
"Das hat sie am liebsten."
"Wir allein oder mit Jarosch?"
"Sie will allein mit uns sein."
"Hast du unser Werkzeug schon vorbereitet?"
"Clara mag die kleinen Dinger mit starker
Vibration."
Jarosch will nicht mitgehen.
"Er hat noch ein paar Abschiedsvorstellungen
bei unseren Hausgästen", sagt Clara. Vorerst
klingt das etwas bedauerlich. Etela streichelt
Clara gleich am Hintern. Und schon wird Clara
lustiger.
"Du scharfe Biene", zischt sie.
"Und Hubertus? Kommt der mit?"
"Der wird mit Ella zusammen auf ihr Zimmer
gehen", sagt Clara.
"Training", fügt sie lachend hinzu.

"Das kann er doch auch bei uns bekommen",
sagt Karinka.

"Nicht annähernd so gut wie von Ella und Lina."
Clara weiß wie scheint, von was sie redet. Sie
kennt Hubertus zu genau.

Die letzten Gäste gehen. Es bleiben reichlich
Canapes übrig. Etela und Clara wollen sie
mitnehmen.

"Das Filet essen wir morgen zusammen", sagt
Clara. Sie hat bemerkt, wie sehr sich Etela und
Karinka darauf freuen.

"Zum Putzen haben wir morgen genug Zeit",
tröstet Clara. Sie scheint schon etwas zu
drängen. Etela spürt das. Sie wird scharf wie
eine Rasierklinge. Etela kann kaum an sich
halten auf dem Weg zu ihrem Zimmer. Sie küsst
unentwegt Clara. Überall hin. Sie greift immer
wieder unter das Dirndl von Clara. Der schöne
weiche Hintern wirkt wie ein Magnet auf sie.
Karinka wird fast eifersüchtig bei dem Getue.
Die Treppe zu ihrem Zimmer hinauf, laufen die
Zwei hinter Clara. Clara scheint das zu mögen.
Sie dreht ihren schönen Hintern und macht die
Zwei immer verrückter. Kaum sind sie im
Zimmer, reist Etela - Clara fast das Dirndl ab.

"Vorsicht. Das war teuer", ruft sie. Sie lässt es

sich aber bereitwillig gefallen. Als hätte sie darauf gewartet. Sehnsüchtig.

Etela holt ihre Utensilien heraus. Auch das schöne Duschklysma. Clara weiß offensichtlich genau, um was es sich dabei handelt. Sie freut sich darüber.

"Das ist sehr schön. Vibriert es?"

Alle Drei lachen.

"Wenn es Karinka setzt, ja", sagt Etela. Mit zwei Fingern drückt sie dabei die schönen weichen Pobacken auseinander.

"Ein Paradies", ruft sie voller Lust.

Clara sieht sich dazu verleitet, Etelas schöne Zitzen mit Daumen und Zeigefinger an zu spitzen. Tatsächlich werden die sofort hart. Etela freut sich.

"Soll ich dich stechen?"

Im Nu stehen die Drei nackt da. Ein Bild für die Götter. Die Nymphen würden blass werden bei dem Anblick. Rubens würde den Pinsel mit den Zähnen brechen. Die Farben der Palette würden sich selbst mischen bei dem Anblick. Der Puls des Malers wäre das Rührgerät.

Fast wie auf Befehl, gehen die Drei gemeinsam zur Dusche. Das Wasser ist schön warm. Clara scherzt.

"Ab morgen ist das Wasser kalt."

"Wo gehen wir dann Duschen vor und nach dem Kino?"

"Wenn Alex es morgen fertig bekommt, bleibt das Wasser warm. Sonst müssten wir zu uns gehen."

Clara soll als Erste ins Duschbecken steigen.

"Wir waschen dich", sagt Etela. Sie steckt gleich das Klysma an.

"Das geht ja auch als Handbrause", stöhnt Clara beim ersten Strahl. Die Nippel werden hart.

Clara bekommt eine Gänsehaut. Die Zwei waschen ihre herrlichen Brüste.

"Die Engelsglocken läuten", sagt Etela und küsst die Brüste. Kurz darauf steht Clara stramm. Etela hat ihr den Mittelfinger in das Poloch gesteckt. Clara beugt sich bereitwillig vor.

"Tiefer", stöhnt sie.

Etela bewegt ihren Mittelfinger kreisend. Mit der linken Hand streichelt sie die herrlich weichen Pobacken Claras.

"Auf diesen Pobacken möchte ich eine Nacht schlafen", sagt sie.

Karinka schiebt das Klysma wieder in den Hintern. Etela drückt die zwei Backen wieder mit zwei Fingern auseinander. Clara stöhnt vor Lust.

"So schön."

Sie greift an die dicke Muschi von Etela. Etela

kann nicht widerstehen. Sie greift sofort zum Kitzler Claras und streichelt die Tulpe. Schneller werdend. Noch schneller. Karinka dreht das Klistier. Die Form des Klysmas ist aufregend genug. Es reizt genau dort, wo sich alle Nerven treffen. Mit dem Finger in der Muschi prüft Karinka, ob das Klistier sein Werk verrichtet. Clara steht stramm und verkrampft. Ihr Kopf fällt auf das Brustbein. Die Knie schlackern. Etela hält Clara ihre Brust hin. Clara küsst sie.

"Das kann ein wilder Abend werden", stöhnt Clara.

"Oah! Das hatte ich zwei Jahre nicht mehr."

Seit dieser Zeit hat sie sich von Etela etwas fern gehalten. Jarosch übernahm die Aufgabe. Bei dem Geständnis, wahrscheinlich nicht gut genug. Etela freut sich für das Kompliment. Clara geht sich kurz etwas abtrocknen. Jetzt wollen sie zusammen Karinka duschen. Karinka ahnt es, als Etela sie berührt.

"Du hast einen Griff, dem kann ich nicht widerstehen."

"Das ist mein Feuerwehrgriff."

Mit dem Griff bereitet Etela den Einsatz des Klysmas vor. Der Mittelfinger steckt im Po und der Zeigefinger in der saftigen Muschi Karinkas.

"Ich poliere dir heute den Hintern für eine lange Nacht."

"Und für die erste Show?"

Clara kommt gerade zurück vom Abtrocknen. Sie fängt an, Etela zu waschen. Sie hat die Frage schon verstanden.

"Das müssen wir vor jeder Show tun. Zum Glück sind wir genug."

Clara geht bei Etela gleich voll zur Sache. Das Klysma ist bereits in ihrem schönen Hintern platziert. Mit der linken Hand wäscht sie Etelas Auster und bringt sie zum Singen. Die Perle steht weit vor dem Gehäuse. Clara kann nicht an sich halten. Sie küsst den Pförtner. Etela vergräbt ihr Kinn in Karinkas Hüfte.

"Jetzt...", ruft sie.

Clara scheint das als Aufforderung zu verstehen. Sie erhöht die Geschwindigkeit kurz. Etela presst die Oberschenkel zusammen.

"Jetzt könnten wir etwas Essen", spricht sie den Satz fertig. Tatsächlich haben die Frauen Hunger. Gewaltigen Hunger.

"Ich könnte Eine rauchen", sagt Clara und lacht. Die Drei trocknen sich ab. Etela stellt ihr Heimkino an. Sie setzen sich aufs Bett. Wie sie sich das erträumten, nehmen sie Clara in die

Mitte. Clara gesteht, sie fühle sich wie im Himmel. Davon hätte sie immer geträumt.

"Mit geschlossenen Augen und dem Finger auf der Tastatur", hat sie gesagt.

Karinka kann nicht an sich halten. Sie bewundert Claras herrliche Feige.

"Du bist ja voll erregt", säuselt sie in Claras Ohr.

Claras Brustwarzen sind Knochen hart.

"Meine Muschi war arbeitslos im letzten viertel Jahr", antwortet Clara.

Etela will sich gleich den Harnisch anlegen.

"Welche Größe?", fragt sie.

"Leg das Ding weg. Deine Hände sind viel besser. Wir wollen nicht Rammeln. Wir wollen Liebe und Gefühle."

"Aber einen schönen Vibrator willst du schon haben?"

"Aber natürlich. Wenn du ihn mit deinen geschickten Händen lenkst."

"Dann kann es wohl auch ein schöner weicher Dildo sein?"

"Natürlich. Ich kenne dich. Du bist einfach zu gut mit diesen....aaah...Teilen."

Clara bricht ab. Etela hat ihr gerade einen schönen weichen Dildo gesetzt. Dazu hat sie den Zeigefinger in den Anus gesteckt. Sie bewegt die Fingerkuppe rhythmisch mit dem Dildo. Karinka

lässt sich nicht erst auffordern. Sie massiert
schön rhythmisch die harte Perle Claras.
Zwischendurch küsst sie warm und feucht das
schöne Stück. Die Perle glänzt.
"Zwanzig Karat", flüstert Karinka.
Clara fällt lachend in ihren Höhepunkt. Mit der
Hand an Karinkas Feige.
"Ich hab Hunger", sagt sie schon wieder.
"Wir müssen endlich Etwas essen."
Etela holt das Essen. Sie haben genug mit
genommen.
"Wollt ihr Wein dazu?", fragt sie.
"Keinen Alkohol bitte", antwortet Clara. Karinka
will auch keinen Wein. Der schmeckt ihr nicht.
"Bei der Brühe werde ich wieder zur Jungfrau",
sagt sie. Alle lachen.
"Machen wir uns einfach einen schönen süßen
Slivovica mit Wasser."
"Den habe ich sogar mit. Auch Kirschlikör."
Die jungen Frauen trinken zu ihrem Essen -
Likör. Verdünnt mit Mineralwasser. Köstlich.
Aber auch etwas heimtückisch. Karinka spürt es.
Sie spürt eine Leichtigkeit. Eine angenehme.
Gelegentlich berühren Claras Brüste ihre
Oberschenkel. Leicht. Fast kitzelnd. Das ist so
schön. So sanft. Sie erinnert sich an die Lippen
von Ponys im Zoo zu Hause. Etwas Heimweh

befällt sie. Clara legt die Hand auf ihren Oberschenkel. Karinka spürt eine Wärme in ihrer Dose. Clara geht mit dem kleinen Finger forschen. Sie bemerkt den warmen Fluss. Cremig. Fast wie eine Rosenöllotion. Ella hat ihr einmal so ein Flacon mitgebracht. Sie hat mit dieser Lotion masturbiert. Bis sie alle war. Regelmäßig. Jeden Abend.

"Jetzt weiß ich, warum du so locker bist", sagt Etela.

"Meinst du das Kirschwasser?"

"Das auch. Schau mal Karinka an."

Karinka ist tatsächlich etwas angetrunken. Von ein paar Schlucken. Sie lacht bei der Berührung durch Clara.

Nach dem Essen stellt Etela die Sexfilme auf ihrem Laptop ein. Clara legt sich hin und macht die Beine breit.

"Ich bin wehrlos gegen euch", provoziert sie. Sie möchte natürlich wissen, was die Zwei können. Wobei sie von Etelas Fähigkeiten schon einige Proben erlebt hat. Jetzt will sie aber wissen, wie Kamera tauglich das ist. Sie sagt das zu Karinka. Karinka muss nicht zwei Mal gebeten werden. Sie stellt ihren Laptop auf eine Stelle mit Übersicht. Nach der Einrichtung stellt sie die Aufnahme ein.

Etela hantiert schon mit dem ersten Vibrator. Clara quiekt fast. Sie beißt in ein Kissen. Das scheint Etela noch an zu spornen. Der Vibrator hat die Form eines gut gewachsenen Gliedes. Die rote Eichel glänzt vor Öl. Der Kitzler Claras steht prall vor Etelas Lippen. Karinka will das näher sehen. Sie kuschelt sich in die herrlich weichen Pobacken Claras.

"Kein Federbett kann schöner sein", stöhnt sie voller Wollust. Sie steckt ihre Zunge in die Rosette Claras und feuchtet sie an. Mit dem Zeigefinger spielt sie am Rand der Rosette. Clara öffnet sich. Immer weiter. Karinka lässt den Zeigefinger kreisen. Der schöne Vibrator in Claras Muschi arbeitet bereits in einer sehr angenehmen, dumpfen Vibration. Mit zwei Fingern bearbeitet Etela, Claras pralle Perle.

"Ihr müsst mir es schon richtig geben", bettelt sie.

"Das volle Programm. Wir müssen sehen, was ankommt."

Karinka staunt.

"Vom Geschäft hast du aber reichlich Ahnung." Clara bedankt sich für das Kompliment.

"Sado Maso machen wir aber nicht", sagt Etela.

"Nein. Wir machen guten Lesbensex", antwortet Clara. Sie stöhnt schon wieder. Dieses Mal hat

Karinka - Clara erwischt. Sie reibt mit dem
Daumen und den Zeigefinger, Claras Damm.
"Halt nicht auf! Mach immer weiter", singt sie.
"Du gehst über den Höhepunkt?"
"Immer. Am besten ist der dritte."
"Da bist du ja schon."
"Wir machen eben bis zum nächsten Dritten."
Die Frauen lachen.
"Ich weiß nicht, ob ich das könnte", antwortet
Karinka.
"Das werden wir dann sehen", lacht ihr Etela
entgegen. Dabei schnappt sie Karinkas Kitzler.
Sie reibt ihn. Fast wie die Vorhaut von Männern.
Auf und Ab. Karinka hört schon die Engel singen.
"Ich habe einen schönen schmalen Vibrator für
deinen entzückenden Hintern. Willst du ihn mal
probieren? Clara wird dich dabei an deiner Feige
bearbeiten. Das macht deinem Rehauge keine
Schmerzen."
"Es darf nicht weh tun", fleht Karinka.
Und schon steckt der geölte Finger Etelas in
ihrem Hintern. Clara massiert ihre Feige.
"Schön", ruft Karinka. "Du machst das sehr gut."
Karinka lässt ihre Pobacken ganz locker. Clara
freut sich über den Anblick. Sie küsst Karinkas
Hintern. Etela setzt ihr den Vibrator in den Po.
Karinka quiekt. Die Vibration hat ihr den Rest

gegeben. Clara hält nicht auf. Karinka
verkrampft sich in ihrer Wohllust.
"Halte durch!", sagt Etela.
Karinka möchte jetzt am liebsten schlafen.
Etela und Clara übergehen fünf Mal den
Höhepunkt Karinkas. Clara wünschte sich noch
mehr. Etela hat ihr mit Karinka zusammen den
Wunsch erfüllt.
Meister der Probe wird aber Etela. Die Zwei
scheinen sich zu rächen an ihr. Für das Glück des
Augenblicks. Sie lassen Etela kaum Zeit, sich aus
zu ruhen. Sie bearbeiten die Dose und das
Hintertürchen so lange ohne Pause, bis Etela
erschöpft bettelt. Und genau das, scheint Clara
noch mehr anzuspornen. Karinka überfällt Clara
regelrecht dabei. Sie möchte Clara zur Ruhe
bringen. Mit einem Griff erreicht sie den
Doppeldecker von Etela. Sie ölt ihn. Clara
bemerkt das kaum, so begeistert ist sie von
Etela. Ruck und das Ding steckt in den zwei
entzückenden Löchern Claras. Karinka gibt volle
Vibration. Clara hält tatsächlich inne. Sie liegt
schön seitwärts. Der wunderschöne weiche
Hintern bewegt sich wie eine Welle. Etela steckt
den Kopf zwischen Claras Schenkel. Sie möchte
das Schauspiel küssen und sehen. Allein dieser

Anblick, lässt sie noch zwei Mal kurz hinter einander erstarren.

"Pause", ruft Karinka.

Die Innenseiten der Oberschenkel der Frauen sind gut geölt. Die Drei liegen nebeneinander, erfüllt und breitbeinig im Bett. Ein traumhaftes Bild. Kein Mann würde die Drei unberührt verlassen wollen. Der Anblick würde sofort zu den wildesten Träumen einladen. Die Frauen haben sich ihre Träume erfüllt. Das sieht man auf den Filmen, die sie mitgeschnitten haben.

"Wir müssen das jetzt schneiden und diversen Plattformen anbieten. Hubertus hat mir die Kontakte aufgeschrieben."

Die Aufnahmen haben lange gedauert. Die Frauen schlafen aus. Hubertus weckt sie. Er klopft an der Zimmertür.

Clara öffnet die Tür. Hubertus staunt.

"Du bist so schön."

Er küsst Clara.

"Hast du den Film fertig?"

"Ich habe ihn noch nicht geschnitten."

"Das mache ich."

"Hast du auch gefilmt?"

"Nicht ganz so viel wie du."

"Soll dir Etela helfen?"

"Das wäre vielleicht von Vorteil."

Etela fragt Hubertus, ob sie die Filme nackt oder angezogen anschauen. Alle lachen.

"Ich will nur sehen, ob unsere Filme auch bei Männern wirken."

"Ganz sicher", antwortet Hubertus.

Er rollt mit den Augen beim Anblick von Etela. Er schaut über ihre Schulter. Wie beim ersten Besuch. Etela geht etwas zur Seite.

"Mein Gott. Die Venus."

Das rutscht ihm wieder heraus beim Anblick von Karinka. Karinka schaut wieder als Erstes auf seinen Johannes. Der steht nicht mehr.

"Die Behandlung war wirkungsvoll", sagt sie.

"Wir werden das bei Alex spüren."

Beim Durchsehen der Filme mit Hubertus, staunt Etela.

"Du hattest ein ganz schönes Pensum."

"Mehrere Tage hinter einander kann ich das nicht."

"Ich sehe das. Unsere Küche ist voll von Mitbewerbern."

Das klingt jetzt übertrieben. Es sind drei Kollegen und zwei Kolleginnen.

"Wenn es keine Küchenarbeit gibt, werden die drei schon ihr Werk verrichten", sagt Hubertus ganz überzeugt.

"Vielleicht machen die zwei Kellner aus dem
anderen Hotel auch mit?"
"Du meinst die Warmen?"
"Aber sicher. Da gibt es garantiert Nachfrage."
"Ich werde die Zwei mal fragen."
"Frag auch gleich die Kollegen dort."
"Ich tu mein Bestes."
Hubertus schneidet und beschriftet die Filme
und bietet sie auf diversen Kanälen an. Von den
Kanalbetreibern bekommt er Geld überwiesen.
Auch Berichte. Wie oft der Film geschaut wurde.
Ob er Kunden gefallen hat. Das Echo ist positiv
bis begeistert.
Die Frauen kommen mit Clara zum Essen.
Es gibt Frühstück. Für sie ist reichlich übrig
geblieben. Speck, Eier, Alpenkäse. Alles ist dabei.
Am Tisch gibt es gleich heftige Diskussionen.
Alle zählen sich untereinander durch.
"Wir sind insgesamt noch elf Kollegen. Ich habe
alle Kollegen gefragt. Sie wollen alle mit
machen."
Clara staunt. Sogar Livia die Masseuse will
teilnehmen.
"Ich habe doch wohl die besten Kenntnisse",
sagt sie lachend am Tisch. Die Köche nicken
begeistert.

"Dann kommt Alex und richtet uns die Technik ein. In den Zimmern liegt ja bereits das Kabel."
"Laptops haben wir alle", sagt Tim.
"Aber die Laptops haben zu wenig Auflösung. Wir müssen schon Kameras und Programme kaufen", sagt Hubertus.
Hubertus muss es wissen. In seinem Foyer hängen Kameras. Die hat Alex eingerichtet.
"Wir brauchen auch reichlich Hilfsmittel", sagt Lina.
"Ich dachte, ihr habt genug hier?", sagt Etela und lacht.
Alle lachen mit.
"Ja. Wir brauchen aber auch ein paar neue. Schönere. Bessere", antwortet Lina.
Hubertus muss lachen.
"Das stimmt. Du brauchst die dicken Dinger."
Lina ist Mama von einem Söhnchen. Sie überlegt noch, wer der Vater ist. Es könnte Hubertus sein. Mit Dario aus der Küche hat sie es auch sehr oft getan. Aber Dario benutzt Gummi. Er ist verheiratet. Darios Frau würde ihr ein Gewitter bereiten, wenn sie das erführe.
"Abstimmen müssen wir also nicht mehr?", fragt Clara. Alle heben die Hand. Es gibt keinen Widerspruch. Die Sache ist beschlossen.

Alex kommt gerade richtig. Zum Essen. Wie immer.

Alex geht immer zu Mittag in die Hotels. Er weiß, es gibt gutes Essen bei Clara. Seine Freundin, Selma, hat keine glückliche Hand in der Küche. Verheiratet ist er nicht.

"Du isst immer recht gierig und ziemlich viel", sagt Tim zu ihm. "Kann Selma nicht kochen?"

"Leider nicht besser als du."

"Aber ich kann es Selma gern lernen."

"Das kann ich mir vorstellen. Ohne Hose."

"Du hast es fast erkannt. Kochen lernt sie trotzdem. Kostenlos."

"Ich bin am überlegen bei eurem Projekt."

"Wie viele Kameras braucht ihr", fragt er Clara.

"Dreißig. Wir haben uns auf zehn Zimmer vorbereitet. Drei pro Zimmer."

"Das ist gut. Wenn es wächst, habe ich noch genug."

Hubertus bittet Alex, sich mal die Filme anzuschauen. Seine Reaktion interessiert Hubertus. Alex ist begeistert.

"Die maskierte Frau kommt mir bekannt vor", sagt er lächelnd zu Hubertus. Hubertus lächelt zurück.

"Ich kenne sie auch."

"Ich kann mich aber auch täuschen", fügt Alex noch dazu.

"Das hoffe ich doch."

Damit haben die Zwei schon mal Stillschweigen vereinbart.

"Du bist mein bester Kunde", sagt Alex.

Die Zwei lachen.

"Obstler oder besser?"

"Einen guten Obstler bitte."

Die Zwei stoßen an. Alex verspricht Hilfe bei Problemen.

"Etela kann dir auch helfen in der Not."

"Danke. Das weiß ich zu schätzen."

"Willst du Selma die Filme zeigen?"

"Die Meinung Selmas ist mir wichtig."

"Selma braucht schon etwas Abwechslung bei ihrer Büroarbeit."

"Das glaub ich auch. Sie ist oft ziemlich zornig wegen der Beamten."

"So schlimm?"

"Vergangenen Monat waren die bei uns. Zur Steuerprüfung."

"Und?"

"Selma hat fast zwei Wochen lang geweint. Sie macht keine Fehler. Aber die haben sich schlecht benommen!"

"Zeig ihr die Filme. Sie wird sich beruhigen."

"Was macht ihr dann mit den Einnahmen?"
"Wir buchen das als Hoteleinnahmen und versteuern das."
"Ja. Aber die Hotels sind doch geschlossen."
"Unsere Gäste und das Personal sind auch eingeschlossen."
"Alles klar."
"Das gibt viele Kosten. Das ist gut für uns."
"Naja. Ich würde ja gern mitmachen. Meine Kunden bestellen auch nichts mehr bei mir."
Alex verabschiedet sich von Hubertus. Clara gibt er ein Küsschen. Etela auch.
"Bis morgen."
Clara schaut Alex hinterher.
"Seine Hose hat eine Beule", sagt sie lachend zu Hubertus.
"Das ist schon mal ein gutes Zeichen."
Verena, die Kellnerin sagt, Robin und Daniela vom Hotel Bergtreu werden ihre Gastarbeiter fragen. Zwei Gäste sind auch da geblieben. Die fragt sie auch. Die zwei Kellner kommen sicher.
"Langsam scheint sich das zu einem Großunternehmen zu entwickeln", sagt Clara.
"Was tun wir denn mit den zwei Schwulen?", fragt Hubertus.
"Die bekommen Handarbeit", antwortet Etela.
"Das ist ein guter Einfall."

"Das ist auch das Richtige für dich", sagt Clara lachend.

"Mal sehen."

"Wir machen jetzt Aufnahmen vom normalen Leben als Probe", gibt Hubertus als Parole aus. Alle sind einverstanden.

"Alex kommt ja wieder. Wir werden dann die Einstellungen am Programm und an den Kameras vornehmen."

"Die Beleuchtung dürfen wir nicht vergessen", sagt Jarosch.

"Gut, dass du mich erinnerst. Ich rufe gleich noch mal Alex an."

"Wann essen wir zu Mittag?",fragt Karinka. Sie hat schon wieder Hunger. Clara muss Tim nur anschauen. Die drei Köche stehen auf. Keine zehn Minuten und sie sind zurück.

Die freien Tage werden zu einem Fressfestival.

"Wir werden dir deinen Hintern schon vergrößern", sagt Tim lachend zu Karinka.

"Sie kann tatsächlich dort noch ein paar Gramm gebrauchen",antwortet Etela. "Die großen Ärsche haben die meisten Zuschauer."

"Die Männer wünschen sich eben, was sie von ihren Frauen nicht bekommen."

Robin und Daniela kommen gerade herein.

"Uns haben zwei Streifen angehalten. Wir haben

sechshundert Euro Bußgeld bezahlt. Weil wir das Haus verlassen haben. Wir machen mit. Alle."

"Wie kommen die Anderen zu uns?"

"Die kommen in der Nacht. Wenn sie ein Licht sehen, können sie sich verstecken."

"Fast wie im Krieg", ruft Dario. Dario ist Jugoslawe. Er hat wegen dem Krieg das Land verlassen. In die Slowakei. Dort hat er geheiratet.

"Wollt ihr gleich bei uns bleiben?", fragt Clara Doris.

"Natürlich. Ich habe keine Unterwäsche an." Alle lachen zusammen.

Gleich am Tisch werden die Zimmer verteilt. Alles bleibt, wie es bisher war.

"Wir sehen uns zum Abendbrot", sagt Clara.

"Jause gibt es keine", fragt Petra, die Kellnerin.

"Nimm dir einfach mit, was du brauchst", antwortet Hubertus. "Du kannst es gebrauchen." Alle lachen. Petra und Verena sind die zwei schlanken Hühnchen des Teams. Sie sind die Bedienungen im Speisesaal. Die Zwei können nicht fett werden. Wie die Zimmermädchen. Jetzt, ohne Arbeit, wird sich das binnen zwei Wochen radikal ändern. Bei dem Speisenangebot.

Alle gehen auf ihre Zimmer. Sie bestaunen die Kameras. Die Frauen machen sich jetzt schon darüber lustig, wie das morgen aussehen wird. Etela geht ins Bad. Sie möchte duschen. Karinka folgt ihr. Im Bad hängen keine Kameras. Sie sind überrascht. Beide haben gedacht, das Bad wäre interessant. Offensichtlich nicht. Etela stellt Spielfilme ein auf ihrem Labtop.

"Die Anderen haben wir ab morgen genug", sagt sie. Beide essen gemütlich. Es gibt Hähnchen und Haxn. Etela isst Speck sehr gern. Bauchspeck. Karinka liebt Blutwurst. Geräuchert. Wie zu Hause. Sie bekommt leichtes Heimweh. Was wird wohl Mama und Papa tun? Sie werden auf Geld warten.

"Ich muss zu Hause mal anrufen", sagt sie. "Die machen sich Sorgen."

Mama - Hana geht ans Telefon. Sie weint, als sie die Stimme von Karinka hört. Sie will es sich nicht anmerken lassen. Fedor hört sie im Hintergrund.

Edita ist zu Hause. Gizela auch. Bei ihnen gibt es keinen Hausarrest. Nur Masken. Kaum Einer trägt sie. Alles wie gewohnt.

"Das ist wie im Krieg", hört sie Fedor jammern. Hana und Fedor kennen die Zeit. Als Jugendliche. Ihre Eltern haben sie mit in den

Wald genommen. Sie waren im Widerstand. Die Dorfpolizisten haben sie in Ruhe gelassen. Zum Glück. Einige Nachbarn sind freiwillig mit zur Ostfront gegangen. Alle sind gefallen. Opa hat immer gelacht darüber.

"Ich bin jetzt der Hahn im Korb."

Opa hat für Alle gewildert. Gekocht hat Oma. Die Nachbarinnen haben geholfen und bei ihnen mit gegessen. Hana erzählt immer wieder von der Zeit. Es lässt ihr keine Ruhe.

Das Gespräch ist beendet. Etela hat Grüße an ihre Eltern ausgerichtet. Hana hat es ihr versprochen, das zu übermitteln.

Nach dem Essen schlafen die Zwei ein. Fest umschlungen.

Beide wecken mit dem Klingeln auf. Das Zimmertelefon.

"Das Essen ist fertig." Clara ist am anderen Ende. Sie wirkt etwas aufgezogen.

"Bringt bitte Euren Film mit", sagt sie. "Alex möchte die Einstellungen sehen.

Die Zwei gehen zum Abendessen. Eigentlich sind sie noch satt von der Jause. Der Film wartet.

Kaum sind sie angekommen, verlangt Alex die Mitschnitte. Nach einer kurzen Auswertung, äußert er sich zufrieden mit der Einrichtung.

"Es kann los gehen morgen."

Das Abendessen wird ein Fest. Eine Art Betriebsgründung. Während des Essens begrüßen sie ihre Kollegen vom Bergtreu. Nach und Nach kommen sie dazu. Einige haben Getränke mit. Fast, als würden sie auf eine Party gehen.

"Der Ort wirkt wie ausgestorben. Nur Streifen sind zu sehen. An fast jeder Abfahrt."

"Sind das Unsere, Russen oder Amis?", scherzt Dario.

Petr und Slavo kommen aus der geschlossenen Disco. Sie haben noch Getränke in der Hand.

"Ihr wollt ein Filmchen drehen mit unseren Hübschen?", fragt Petr.

"Ihr könnt mit machen", antwortet Dario.

"Zu gern. Die Mädels aus dem Nachbarhotel sind uns nur aus der Disco bekannt", sagt Slavo und lacht dabei. "Sie waren lange nicht dort."

"Wie sieht es mit Euren Mädels aus?"

"Die kommen noch. Sie duschen gerade."

"Adam und Belo kommen auch?"

"Bei ihnen dauert es noch etwas. Zwei Gäste sitzen noch bei ihnen."

"Ah. Bei euch sind auch Gäste geblieben?"

"Zwei oder drei. Ich weiß es nicht genau. Die einheimischen Kollegen sollten es nicht so genau erfahren."

"Wissen die Bescheid?"

"Da musst du Daniela fragen."

"Komm rein zu uns."

Die Nachbarn werden herzlich begrüßt. Daniela freut sich für ihr Kommen. Slavo gibt sie ein extra intensives Küsschen.

"Das ist unser Starkoch. Er kocht auch für die Familie in der Saisonpause."

"Wir müssen jetzt die Zimmerverteilung organisieren. Auch, was wir in dem jeweiligen Zimmer tun", sagt Clara.

Die Abstimmung ist ziemlich schnell erledigt. Clara faßt zusammen.

„Drei Zimmer mit Lesbensex.

Zwei mit Normalsex.

Zwei Zimmer mit Solosex.

Drei Zimmer mit Massagesex.

Das ist unsere Aufteilung für den Start."

Alle sind zufrieden.

"Machen wir Probeaufnahmen?"

"Wir werden das abstimmen", antwortet Etela. Nach der Abstimmung sind alle dafür. Adam und Belo kommen gerade dazu. Sie werden informiert. Adam wundert sich, warum kein Schwulensex dabei ist.

"Ich habe das als Massageraum eingetragen", antwortet Clara.

"Warum?"

"Weil ihr nur Zwei seid. So dürft ihr auch die Gemächte eurer Kollegen behandeln."

"Oh. Das ist fein", antwortet Belo mit seiner weichen Stimme. "Wer ist denn in den anderen Massageräumen?"

"In einem ist Livia. Zu ihr könnt ihr euch sicher auch mal legen."

"Zu einer Frau?", fragt Adam.

Alle lachen.

"Du wirst staunen", antwortet Livia. "Nach meiner Behandlung schickst du Belo in den Garten."

Belo wird etwas rot nach der Antwort.

"Keine Hast. Das ist der Anfang. Wir haben noch Viel vor. Da ergeben sich bestimmt noch Änderungen. Der Kunde ist König. Das seid ihr doch gewohnt", sagt Clara und beruhigt die Aufgewühlten.

Die vier Frauen vom Bergtreu kommen. Es scheint heller zu werden in der Bar.

"Mein Gott", ruft Etela vor Bewunderung. "So schön habe ich euch noch nie gesehen."

"Das war bisher auch nicht nötig", antwortet Nadja. Ein Goldstück. Schlank. Etwas muskulös. Das zarte, nicht zu knappe Fleisch an den richtigen Stellen.

"Wollen wir ein Casting machen?"

"Das wird sich bei den Probeaufnahmen zeigen", sagt Daniela. Daniela kennt das Zuckerstübchen von Nadja. Das von ihren Kolleginnen - auch.

"Wir könnten ja heute Abend noch ein kleines Tänzchen wagen", sagt Barbara. Barbara ist eine Köchin von Clara. Sie ist etwas strammer gebaut. Recht maskulin. Sie sucht permanent Freundinnen.

"Aber Vorsicht", ruft Ivona. "Barbara legt dich sofort um."

Alle lachen über Ivona. Ivona ist ein schmächtiges Zimmermädchen bei Daniela. Sie hat auch schon bei Clara gearbeitet. Nach etwas Streit mit Jarosch, hat sie bei Daniela angefangen. Bei Clara half sie trotzdem hin und wieder. Sicher wegen Gita und Etela. Bei den Zweien hat sie oft geschlafen. Wie scheint, hat Etela einen prächtigen Ring aufgebaut.

"Trinkt aber bitte nicht zu viel. Wir müssen morgen gut aussehen", sagt Clara. Clara geht mit gutem Beispiel voran. Sie trinkt Saft. Auch nicht pur. Mit einem Spritzer Obstler. Karinka trinkt gar keinen Alkohol. Sie hat noch mit dem letzten Likör zu kämpfen. Etela fällt ihre Ruhe auf.

"Hast du Etwas?"

"Nein. Mir gefällt der Plan. Ich suche schon für unsere Mitte."

"Hab keine Sorge. Ich weiß, wen wir uns in die Mitte legen. Die habe ich schon richtig eingeritten."

Karinka wird neugierig.

"Zeig sie mir."

"Nadja. Du hast sie schon bewundert."

"Das wird unsere Gespielin?"

"Du bist die Gespielin. Nadja wird dich nehmen."

"Was?"

"Nadja kann mit unseren Gummis am besten umgehen. Du wirst staunen, was sie Alles drauf hat."

"Ich lasse mich gern überraschen."

"Nadja ist unser schönstes Bübchen. Nur für dich und mich. Tanz mal mit ihr."

Karinka scheint Nadja ein Zeichen zu geben. Sie reagiert sofort. Nadja kommt an Karinkas Tisch.

"Darf ich bitten?"

Karinka ist total überrascht. Fast versteinert. Die schönste Frau des Abends kommt ausgerechnet zu ihr. Jarosch legt die Musik ein. Prince. Karinkas und Etelas Lieblingslied. Jarosch zwinkert Karinka zu. Karinka hat ihn verändert, findet Etela. Sie sieht jetzt Jarosch mit ganz anderen Augen. Warmherzig. Jarosch bemerkt das. Er erwidert den warmen Blick Etelas. Kurz darauf bittet er sie zum Tanz. Etela kann nicht Nein sagen.

Gegen ein Uhr sind alle müde. Der Tag war anstrengend. Die Zimmerbelegungen haben sich schnell gefunden. Clara ist hoch erfreut. Daniela auch. Die Vier ziehen sich vorerst in Claras Wohnung zurück. Clara geht aber zu Etela und Karinka. Sie entschuldigt sich bei Daniela. „Wir kommen schon so klar", hat sie gesagt. Nadja möchte zuerst duschen. Etela zwinkert Karinka zu. Sie schauen sich Nadjas Striptease an. Etela legt gleich ihre Hand in Karinkas Schoß. Die Wärme reizt sie. Sie wollten erst nicht mit zur Dusche gehen. Aber jetzt, mit jedem Kleidungsstück, das Nadja ablegt, werden sie verrückter.

Ruck Zuck steht Karinka auf und wirft ihre Kleider ab. Etela steigt aus ihren Hosen. Ein leichtes Geräusch ist hörbar. Es klingt fast wie das Öffnen von Reißfilz.

"Du bist nass", zischt Karinka und lacht leise.

"Und ob."

Beide stürzen zur Dusche. Fast wie zu einem Wettrennen. Nadja genießt die Hektik. Sie beugt sich weit nach Vorne und zeigt ihr Blümchen. Rasiert, denkt Karinka. Glatt wie ein Babypopo.

Nicht ein Härchen. Nicht mal an der entzückenden Schokolinse. Die bewegt Nadja sogar noch. Als wöllte sie ein Fürzchen abgeben. Komm rein! Komme rein - ruft sie mit ihrem Rehauge.

"Wir duschen nur zusammen. Kein Sex vor morgen", nimmt sich Etela vor. Sie schaut Karinka dabei tief in die Augen.

Die Zwei ziehen sich die Frotteetücher über ihre Hände. Nadia lässt extra einen Spalt der Duschkabine offen. Karinka wird fast verrückt bei dem herrlichen Anblick.

"Überreize Karinka nicht, Nadja", ruft Etela. "Heute ist nichts."

Nadja lacht. Das klingt auch aufreizend.

"Gut. Wir unterhalten uns im Bett etwas aufreizend. Für morgen. Morgen brauchen wir das sicher. Trotz unserer Pausen, werden wir mit einigen Orgasmen rechnen müssen.

"Die kannst du doch spielen", antwortet Karinka. "Zwei Mal oder mehr kannst du das schon spielen. Ein Echter wird dir trotzdem passieren."

Die Zwei rubbeln Nadjas entzückende Kurven. Nadja tut so, als bekäme sie Einen. Sie stöhnt. Alle lachen. Herzhaft.

Karinka ist begeistert von Nadjas sehr schönen Brüsten.

"Tropfenbrüste", sagt sie. Die Knospen stehen hart.
"Lustbälle in Knödelgröße", ergänzt Etela und lacht. "Mit denen kannst du herrlich Tennis spielen."
Nach dem Duschen liegen die Drei im Bett. Sie schauen Spielfilme nach Etelas Auswahl.
"Jarosch finde ich eigentlich nett. Warum hast du mit ihm gestritten?"
"Das ist ziemlich kompliziert", antwortet nicht Etela. Sondern Nadja. Die scheint die Geschichte gut zu kennen.
"Den schönen großen Kolben bewunderst du ja", antwortet jetzt Etela. Sie möchte das Karinka erklären. "Er hat mir immer in die Muschi gespritzt. Ich habe ihm das verboten. Es sei denn, er beteiligt sich an den Kosten."
"An welchen Kosten?", fragt Karinka.
"Die Verhütung, sämtliche Untersuchungen und Arztbesuche, bezahle ich. Von meinem Geld. Für einen Besuch, verlangt der Arzt fünfzehn Euro. Nur für den Eintritt. Die Behandlung kostet extra. Die Pille kostet im Monat, weit über fünfzig Euro.
Die Fahrt zur Untersuchung kostet viel Geld. Die Freistellung auf Arbeit kostet einen Tageslohn. Oder den freien Tag."

"Das stimmt. Das Geld fehlt dann deiner Familie oder dir", sagt Karinka.

"Ich hab ihm dann angeboten, mit mir Analsex oder Handsex zu machen. Es gibt auch reichlich Hilfen, die ich bedienen kann. Beim Sex hat er dann, wenn ich in Extase war, seinen Lümmel in meine Dose gesteckt und dort abgespritzt."

"Das geht nicht. Du hast Recht", sagen Nadja und Karinka wie aus einem Mund.

"Du bist der Chef in deinem Stübchen."

Er zahlt nicht für Sex. Er käme sich dann vor wie im Puff. Sagt er.

Aber ich soll dafür bezahlen? Habe ich ihn gefragt. Ich habe ihm nur angeboten, sich mit mir in die echten Kosten zu teilen. In einer Ehe wird das doch so geregelt.

Ich habe ihm gesagt, wer nicht zahlt, darf nur meinen Keller benutzen. Jarosch hat geantwortet, er sei kein Hausmann und schon gar kein Winzer.

"Dann sind wir ja auf dem richtigen Weg", antwortet Karinka. "Der scheint mir auch etwas besser zu sein. Kinder will ich keine. Das Elend ist mir zu groß. Im Moment habe ich noch die Pille. Von zu Hause. In einem Jahr komme ich doch sicher einmal nach Hause. Sonst lasse ich sie mir schicken."

"Wenn ich dich morgen in die Mangel nehme, wirst du nie wieder nach einem Mann schauen", tröstet sie Nadja. Nadja schwingt dabei den herrlichen Dongel von Etela.

"Der ist wirklich schön", säuselt Karinka.

Clara kratzt an der Tür. Die Drei erschrecken etwas. „Jarosch?", ruft Etela.

„Clara hier", ist die Antwort.

Etela springt zur Tür und öffnet. Clara öffnet ihr Negligee.

„Komm rein", sagt Etela stark aufgereizt.

Die Vier schlafen zusammen ein. Fest umschlungen. Ihre Hände in einem anderem Nest vergraben. Die Filme laufen weiter.

Am Morgen haben die Vier ziemliches Bauchkribbeln. Sie sind nervös.

„Ich habe von Höhepunkten geträumt", sagt Karinka. Etela prüft Karinkas Brosche.

„Du bist ziemlich feucht geworden dabei."

Clara grinst. Sie wird leicht rot dabei.

„Ah. Du warst das", sagt Nadja etwas neidisch.

"Wir gehen erst Mal frühstücken", sagt Etela. Ihr Ton klingt etwas kommandierend. Clara muss lachen. Nadja scheint von dem Lachen irgendwie beeindruckt. Sie küsst Clara auf die Brust. Ihre Brustwarzen werden umgehend steif.

"Du Lüstling", sagt sie zu Nadja. Nadja scheint

das als Kompliment zu verstehen. Sie saugt sich fest auf Claras Brust.

"Mach mir keinen Knutschfleck", sagt sie zu Nadja und drückt ihren Kopf fester auf ihre Brust.

"Hoffentlich hat Tim genug Eier gekocht", sagt Nadja.

"Du willst wohl die Verdauung etwas bremsen?", fragt Clara.

"Wer will das nicht bei unserem Programm."

"Wir wissen schließlich nicht, was unsere Kunden alles sehen wollen", sagt Etela.

Zum Frühstück trifft sich das ganze Team. Alle sind guter Laune. Tim kommt im Schürzchen. Nur im Schürzchen. Er bekommt gleich eine Einladung von Belo.

"Kommst du dann zur Massage?"

"Ich?"

Tim täuscht eine Überraschung vor. Er konnte sich das schon denken. Belo hat ihn mal auf einer Disco geknutscht. Nicht nur das. Er hat ihm in den Schritt gekniffen. Belo war recht betrunken. Offensichtlich war er mit dem Ergebnis recht zufrieden. Bei dem Angebot. Er hat das jedenfalls nicht vergessen.

"Aber Aufessen darf ich noch?"

"Hungrig bist du mir lieber", säuselt Belo.

"Duschen wir etwa auch zusammen?"

"Aber natürlich."

Alle lachen. Clara wird neugierig.

"Kann ich zuschauen, wie du Tim bei der Stange hältst?"

"Ihr dürft gerne zuschauen. Ich sehe euch und ihr seht mich."

Alex hat bei Allen ein Programm aufgespielt, bei dem sich die Teilnehmer, untereinander zusehen können. Das soll ihre Lust steigern. Die Kollegen freuen sich ganz besonders darauf. Das erleichtert ihnen den Partnerwechsel. Obwohl Keiner irgend welche Probleme dabei vermutet. Man kennt sich auch so schon gegenseitig. Außer mit Karinka, waren Alle schon intim miteinander.

"Wir treffen uns zur Mittagspause", sagt Clara.

"Ich bin heute zu Gast bei Etela."

Jarosch fragt, wo er heute ist.

"Du kommst mit mir", säuselt Adam. Er freut sich ganz besonders.

"Na das wird eine Vorstellung mit hoher Einschaltquote", sagt Petr. Ohne Neid. Er darf sich heute an Ivona vergreifen. Eher umgedreht. Ivona gilt als besonders fordernd.

"Ich werde dich heute Entsaften", ruft sie heraus fordernd.

Hubertus weiß wo Clara heute ist. Er hätte schon gern auch mal eine Massage bei Livia bekommen. Livia hatte ihn bereits eingeladen mit den Augen. Nico hat den Vorrang, wie scheint. Livia hat es eilig. Sie gehen.

Schon in der Dusche bekommt Tim seinen Lümmel massiv bearbeitet. Adam bläst und saugt ihn. Rubbelt ihn. Seift ihn.

„Noch zwei Züge und du musst ihn wieder waschen", sagt Tim halb im Trance.

Adam hält sofort auf. Dafür greift jetzt Tim seinen Schlingel. Dazu steckt er ihm das Klysma in den Hintern. Das Horn steht.

„Ich bräuchte zwei Hände für deine Trompete", sagt Adam zu Tim.

„Gib mir mal eine Pinzette", antwortet er scherzend. Er reibt die Gurke Adams. Schon steht er. Und spritzt. Eine Fontäne. Das Horn von Tim hat ihn sehr aufgeregt.

„Rutschgefahr", scherzt Tim. „Und jetzt ist es ein richtiger Kerl, der da steht."

Adams Schweif scheint kein Bisschen zusammen fallen zu wollen.

„Der kommt fünf Mal hintereinander", gibt er stolz zu Besten.

„Schade. Das hätten auch unsere Mädchen sehr gern. Aber in die Möse."

„Und schon werden wir uns ähnlich", lacht Adam.

„Eigentlich hast du Recht. Ich finde den Anblick von unseren Mädchen aber irgendwie schöner."

„Unsere Mädchen schwärmen oft vom Anblick deiner Wunderwaffe."

Die Zwei sind fertig mit Duschen. Sie frottieren sich gegenseitig ab. Tim nimmt jetzt Adams Rute in den Mund. Zum wieder Aufbauen.

„Wir wollen unseren Zuschauern einen anständigen Anblick bieten."

„Du musst jetzt aufhören", säuselt Adam. „Sonst komme ich in deinen Mund."

„So schnell?"

„Ich bin ja selbst überrascht."

Tim geht ins Zimmer und schaltet die Laptops ein. Drei Stück haben sie dort.

„Ein Projektor wäre vielleicht besser gewesen", sagt Tim. „Ich werde das mal unseren Kollegen sagen."

Clara hat sehr schöne Massagetische in die Zimmer stellen lassen, in denen massiert wird. Die hatte sie neben der Sauna im Massagestudio.

Die Köche und Jarosch haben sie umgeräumt.

„Das war Schwerstarbeit", sagt Tim. „Alles für dich."

Adam bedankt sich für den Dienst.

„Ich werde dich extra gut massieren. Als Dankeschön." Er lacht genüsslich dabei.

Adam dreht die Heizung des Tisches ein. Der lässt sich sogar heizen. Dann legt er ein sehr schönes rosa Handtuch aus.

„Das ist von mir", säuselt er genussvoll. Er streichelt das Tuch, als wollte er jede drückende Kante vermeiden.

„Gut so?"

Tim fühlt sich gleich wie zu Hause.

Er legt sich hin. Lange bleibt er nicht so halb verkrampft liegen. Adam hat seine Hand am Ballsäckchen. „Der ist ja ganz hart", singt er förmlich. „Denn werde ich dir jetzt zuerst schön weich und geschmeidig streicheln."

Kaum hat er das gesagt, vergräbt er die rechte Hand unter dem gebündelten Hodensack. Den Mittelfinger hält er etwas abseits. Mit dem fühlt er sich langsam die Naht der Gesäßfuge herunter. Ein extrem warmer Tunnel öffnet sich. Adam nimmt Tims Spermaschleuder in den Mund.

„Mein Gott. Ist der schön heiß", stammelt er mit vollem Mund. Tim verzieht schon das Gesicht. Er strafft seine Pobacken. Adam wird gierig. Er saugt. Schwupps, lässt er den Mittelfinger in Tims Rosettchen verschwinden.

„Lass ihn schießen. Die Leute wollen das sehen", zischt Tim. Er bemerkt, wie Adam plötzlich recht eigensinnig wurde. Der wollte die volle Ladung schlucken. Er hat früher schon einmal von Kraftnahrung geschwärmt in dem Zusammenhang. Adam nimmt den Kopf weg. Die Rakete startet. Tim trifft die Decke. Er wollte schon Weltrekord rufen. Die Behandlung Adams scheint ihm also doch zu gefallen. Seine Mädchen haben das Ergebnis nie erreicht. Adam ist extrem stolz auf die Reaktion. Er bewegt die vordere kleine Kuppe des Mittelfingers in Tims Po. Tim lässt wieder locker. Ihm gefällt das. Adam begreift das als Einladung. Er geht nicht tiefer. Er massiert sehr gezielt das Kränzchen der Erlösung. Die Rosette Tims. Den Samenspender lässt er gar nicht erst klein werden. Er küsst und streichelt ihn.

„Jetzt würde ich aufsteigen", flüstert er Tim ins Ohr. „Jetzt ist er schön gefettet und passend."

„Auf das weiche Ding?",fragt Tim und lacht.

„In meinem Kränzchen würde der schon wieder zur Form finden", säuselt er zurück.

„Machst du es so mit Belo?"

„Immer und immer wieder."

„Aber ihr müsst ja Duschen gehen nach jeden Schuss."

„Das ist immer ein sehr schönes Zwischenspiel." Während ihres kurzen Gespräches schauen sie zu Clara. Die sitzt mit Etela, Nadja und Karinka auf dem Bett. Sie applaudieren. Nadja schwenkt ihren Gummiknüppel dabei. Clara lässt sich gleich wieder auf den Rücken fallen. Karinka hat sich an ihrem schönen weichen Busen festgesaugt. Etela führt den Doppeldildo in die gut vorbereiteten Liebesöffnungen Claras. Nadja besteigt Etela, als wäre sie ein Mann. Mit dem Gummiglied prahlend. Sie wählt das Rosenauge. Karinka hat mit der schönen saftigen Feige zu tun. Ein Bild für die Götter. In sich verschlungenes, schönstes Fleisch in Extase.

„Wenn ich jetzt wüsste, wie viel Sperma für uns fließt...", säuselt Clara und kommt. Bereits das vierte Mal.

„Dann bist du dran", flüstert sie zu Karinka. Karinka kann es bei dem schönen Anblick kaum erwarten. Sie ist feucht wie ein Schwamm im Schaumbad. Die Frauen haben sie absichtlich so scharf gemacht.

Tim nimmt jetzt die Tortillone von Adam in die Hand. Adam spritzt schon das dritte Mal. Wieder eine Fontäne. Sie müssen bald das Tuch wechseln, bevor Einer von ihnen vom Tisch rutscht. „Arbeitsunfälle sind nicht versichert", sagt Tim lachend.

Gelegentlich nehmen die Zwei Ausblicke auf ihre Kollegen vor. Das steigert ihren Trieb ungemein. „Wenn ich mir so unsere Kolleginnen anschaue, könnte ich die Seite wechseln" gesteht Adam. „Sehr, sehr schöne Geschöpfe", gibt er zu. Gleichzeitig gehen sie kontrollieren, wie viele Zuschauer sie haben. Tausende. Clara und die Kollegen haben abgesprochen, drei Freiminuten zu geben. Danach klingelt das Kassenhäuschen. Alex hat es als eine ganz neue Methode angepriesen. So neu kann sie aber nicht sein, gesteht Tim gerade. Bei seinen Recherchen, hat er ähnliche Modelle kennen gelernt.

Die Zwei sind fertig mit ihrer Arbeit.

Sie verabschieden sich bei ihren Zuschauern. In den Massageraum kommen jetzt die Mädchen zum Putzen. Jene, die gerade frei haben. Sie haben mit den zehn Zimmern voll zu tun.

Es ist Mittagspause. In den Pausen lassen Sie die Mitschnitte laufen. Die Konserven, sagte Alex. Alle treffen sich zum Mittagessen. Dario kocht heute. Er hat frei. Die Kollegen, die frei haben, um sich zu erholen, müssen Etwas putzen oder kochen. So haben sie sich das eingeteilt. Dario hat zum Eröffnungsfest, Kalbshaxe geschmort. Zum Mittag treffen sich Alle frisch geduscht und wohl duftend.

„Ein völlig neues Gefühl", bemerkt Dario. Im Personalspeiseraum durftet es nach Rosen und Lavendel.

„Das bin ich wirklich nicht gewohnt", fügt er hinzu. Etela hat die Bar immer besonders Lüften und mit Raumspray bearbeiten müssen.

Gerade fällt ihnen auf, sie könnten das Essen in Schichten einnehmen. Einige Kollegen sind der Meinung, sie können mit vollem Magen keinen guten Sex liefern. Sie stimmen ab. Die Mehrheit ist dafür. Sie werden ab morgen also schichtweise essen. Nach ihrer Vorstellung. Karinka ist jetzt etwas traurig. Sie hatte kaum Sex. Ihre Kolleginnen schon. Clara verspricht ihr die Revanche noch heute.

„Und morgen noch einmal?", fragt sie.

„Besser geht es doch nicht", antwortet Clara.

Sie lachen. Eigentlich wollten sie sich Clara noch einmal vornehmen. Sie erwartet das auch heimlich. Sie schauen rüber zu Jarosch. Er kommt nach Nico auf die Massagebank. Livia kann es kaum erwarten. Sie wird ihn splitternackt empfangen. Und ihn duschen.

Offensichtlich will sie auch Einen verpackt bekommen.

Jarosch bekommt keine Zimmerstunde. Er wird von Livia gleich auf die Massagebank geschmissen. Ausziehen muss er sich nicht. Das macht Livia. Sie hat lange darauf gewartet, Jaroschs Wunderwaffe wieder in die Hand zu bekommen.

„Ist deine Patronentasche noch gefüllt?", fragt sie ihn ganz besorgt.

„Bis auf ein paar Gase wirst du nicht viel erleben", antwortet er. Beide lachen. Und schon hat Livia ihn an seiner Stange gepackt.

„In die Dusche", befielt sie.

Ihr Klysma ist schon angeschlossen. Sie reibt die Riesenstange. Auf halbem Weg steckt sie ihm das Klysma in den Po. Sie streichelt seine Backen dabei.

„Schön fest", flüstert sie. Einen Kuss auf diesen schönen festen Hintern kann sie nicht unterdrücken. Ein Zungenkuss. Sie beißt auch etwas zu. Jarosch gefällt das Vorspiel. Mit dem Einlauf ist sie fertig. Jetzt nimmt sie die Intimdusche und setzt sie auf die Hoden. Die Riesenkugeln scheinen Billard zu spielen. Sie bewegen sich wie Bälle, die von einer Bande zurück prallen. Bei der Vorstellung, die Bälle klatschen bei ihr rhythmisch auf die Pobacken, wird sie läufig. Sie wird feucht. Jarosch bemerkt das an ihren Bewegungen. Sie wirkt etwas hölzern. Fast wie ein Roboter. Sie spart nicht mit Schaumbad. Jarosch bemerkt noch Etwas. Sie befeuchtet beim Spülen ihre Hände mit einem Parfüm. Rosenparfüm. Danach trocknet sie Jarosch ab. Er duftet wie ein Blumenbeet.

Jarosch revanchiert sich bei ihr. Er poliert ihr die Brosche. Sie quiekt mehrmals. Recht laut.

Renata hört das im Nachbarraum. Den putzt sie grade. Der See aus Sperma hat sie eh schon halb verrückt werden lassen. Bisweilen hat sie die Augen geschlossen und geträumt. Von einem warmen Strahl in ihren Bauch. Sie liebt es, beim Laufen gelegentlich einen Tropfen zu verlieren. „Das kitzelt etwas", hat sie gesagt.

Renata schaut in den Massageraum. Halb erschrocken, hält sie sich die Augen zu. Nicht lange. Sie kann dem Traumanblick nicht lange widerstehen.

„Soll ich helfen?", stammelt sie vor Bewunderung.

„Eine Vierhandmassage", lacht Jarosch. „Du musst aber auf die andere Seite gehen."

So kann Jarosch die zwei feuchten Früchtchen zusammen massieren. Gesagt – getan. Renata lässt sich nicht lange bitten. Sie stellt sich auf die andere Seite der Liege und wirft ihre Schürze ab. Jarosch bietet sich das Traumbild einer Frau. Der Schlegel richtet sich auf. Renata staunt. Bei ihren Kunden hat sie so eine Erscheinung nie gesehen. Renata hat für Geld gern den Zimmerservice übernommen.

„Das ist eine Reibe", sagt sie und lacht. „Der passt doch gar nicht in meinen Mund."

Livia und Jarosch müssen lachen.

„Wie sieht es denn mit dem Pfläumchen aus?" fragt Jarosch.

„Das kann schon einen kräftigen Schuss gebrauchen."

Jarosch freut sich.

„Nimmst du die Pille?", flüstert er.

„Ja."

Jarosch wirkt bedeutend erleichtert. Die Kerze steht gleich noch etwas strammer. Scheint so. Livia fängt schon an, das Prachtstück zu reiben. Sie weiß genau, wann er kommt. Sie kennt Jarosch sehr gut. Der Pfirsich glänzt kurz vor dem Schuss. Er verwandelt sich dann zu einer Nektarine.

Du musst ihn schön küssen", sagt Livia zu Renata. Sie möchte Renata gern in der Fontäne sehen und überraschen. Renata scheint die noch nicht zu kennen. Im Film sieht das bestimmt recht schön aus. Sie ist sich sicher, Alex und Hubertus schneiden das recht gut. Livia reibt weiter. Sie steckt einen Finger in die Rosette Jaroschs. Renata soll ihm etwas die Kugeln graulen.

„Jetzt kannst du ihn küssen", sagt Livia leise. Sie bemerkt die glänzende Haut der Nektarine. Renata tut es. Sie küsst. Mit der Zunge spielt sie an der Naht der Vorhaut. Jarosch kann es nicht mehr halten.

„Oi", ruft er laut und schießt.

Livia muss lachen. Renata auch. Sie hat das Gefühl, als würde sie ertrinken. Jeder Schuss scheint eine Kaffeetasse zu füllen. Renata sieht aus, als wäre sie beim Füttern eines Babys angesprudelt worden. Und das Ding sprudelt immer weiter.

„Hilfe!", ruft sie lachend. „Der hält nicht auf."

„Das reicht für tausend Schwangerschaften", scherzt Livia. „Fühle mal am Sack, ob die Klöden kleiner werden."

Die Drei müssen lange lachen.

„Vier solche Spenden und wir können ein Jungfrauenbad errichten", gibt Renata noch zu.

„Das wird sicher ein feines Filmchen", sagt Livia. „Wir wollen doch mal sehen, was das einbringt."

„Ich bin erledigt", sagt Jarosch und spielt den Erschöpften.

„Reinstecken willst du mir den nicht?"

Renata schwingt sich auf die Massagebank. Livia drückt ihr den gut gefetteten Sprudelkopf in die saftige Möse.

„Aah", stöhnt Renata. „Das habe ich lange vermisst."

Livia kommt nur noch an das entzückende Rosenauge von Renata. Sie taucht den Zeigefinger kurz in ihr Massageöl. Kaum ist sie in der Rosette, lässt sich Renata auf Jarosch fallen. Sie kommt. Das Rosenauge pumpt. Jarosch freut sich. Auf den Augenblick hat er lange gewartet. Renata war schon immer sein Traum. Er streichelt die schönen harten Brustwarzen. Küsst Renata. Renata steigt nicht ab.

„Hier bleib ich", stöhnt sie.

Jarosch kommt zu sich. Er spielt die ganze Zeit zwischen Livias Oberschenkeln. Die werden zunehmend saftiger. Livia schaukelt mit ihren strammen Hintern. Schneller. Immer schneller. Auf einmal lässt sie sich auf den schönen Hintern von Renata fallen. Ihre Oberschenkel flattern. Der Schlingel von Jarosch rutscht aus der Maus von Renata und gibt Livia noch ein paar Tropfen des guten Gleitgels auf den Hals. Jarosch rächt sich jetzt. Er lässt nicht locker. Mit dem Feuerwehrgriff reizt er die Feige und das Rosenauge Livias. Die stöhnt und schwenkt ihren Hintern. Renata liegt mit dem Bauch immer noch auf Jarosch. Mit ihren Händen versucht sie, Livias harte Brustwarzen zu greifen. Lange muss sie nicht suchen. Die piksen gerade an ihrem linken Oberschenkel. Livia schwingt das linke Bein auf die Liege. Jarosch kommt so besser an ihr feuchtes Nest. Jetzt hat sie den vollen Genuss. Zwei Finger Jaroschs in ihrer Muschi. Einen in ihrem entzückenden Röschen und den Daumen am Pförtner. Jarosch beherrscht das wie ein Klavierspieler. Rhythmisch klopft der Daumen auf die Perle. Er beherrscht auch sehr gut das Tempo. Jarosch wird schneller. Livia kann kaum noch stehen. Renata bemerkt das und hält ihr linkes Bein fest. Das rechte Bein wird auch langsam schwach. „Ich muss mich hinlegen", stammelt sie. „Warte noch etwas", flüstert Renata. Sie bekommt gerade einen warmen Strom in ihren Unterleib. Das will sie genießen. Livia küsst das freie Stück des pulsierenden Kolbens Jaroschs, das nicht in der saftigen Möse steckt. Der Saft läuft ihr auf die Lippen. Sie kreist zwischendurch mit der Zunge über ihre Lippen. Rosenaroma.

Renata rollt von der Massagebank. Livia und Jarosch halten sie. Sie steht auf wackligen Beinen.

„Das war schön!"

Das Sperma Jaroschs läuft ihr auf der Innenseite der Oberschenkel herunter. Livia massiert ihr den Liebessaft ein. Renata zuckt. Sie wirkt etwas überreizt.

Jarosch schnappt sich Livia.

„Spritz mir ja nicht in mein Pfläumchen", jammert sie.

„Ich pass auf", flüstert Renata. Sie schnappt den schönen saftigen Stab und drückt die weiche Kuppe in den Rosengarten Livias. Mit der linken Hand massiert sie schon die fruchtige Feige. Sie wird von warmen Strömen aus Livias Muschi empfangen. Livia hüpft sieben Mal auf der Nektarine Jaroschs. Und schon kommt ein warmer Fluss in Livias Hintertürchen. Renata reißt Jaroschs Glied schnell aus der Rosette. Zwei Schüsse gehen noch zwischen die herrlich großen Pobacken Livias. Selbst die zwei Löcher in ihrer Hüfte füllen sich. Wie zwei winzige Gebirgsseen nach dem Tauwetter. Sie glänzen im Scheinwerferlicht. Renata nimmt sie mit den

Fingern auf und verteilt sie auf dem schönen großen Donat Livias.

„Ich muss duschen", ruft sie.

„Ich auch", stöhnt Jarosch.

In der Dusche freuen sich die Drei.

„Wir haben heute sicher ein gutes Schauspiel geliefert", sagt Livia. „Ich hatte keine Gelegenheit, auf den Bildschirm zu schauen."

„Bei dem Programm gab es sicher keine Wünsche", lacht Jarosch. „Wir gehen das mal kontrollieren."

Hubertus ruft auf dem Zimmertelefon an. Livia nimmt ab. Er ist sehr zufrieden mit dem Programm.

„Ihr habt uns über drei Tausend eingespielt. Ein paar Hundert sind länger als sechs Minuten bei euch geblieben."

Die Drei freuen sich. Fast schon euphorisch.

„Alex ist schon am Schneiden. Selma sitzt bei ihm", fügt er hinzu.

„Braucht Selma eine Massage?", fragt Livia. Beide lachen.

„Sicher", antwortet Hubertus. „Bei Selmas Bürohintern brauchst du vier Hände."

Alex hat die Schnitte schon fertig. Die Auswahl gefällt auch Selma. Schon beim Einspielen bei den Seitenbetreibern, klingelt die Kasse. Allein

die Drei haben fast zehn Tausend eingespielt.
„Die Rate ist fast bezahlt für diesen Monat", ruft
Hubertus vor Freude.
Die Drei bekommen Hoffnung. Ihr Projekt
scheint zu funktionieren.
„Was gibt es zur Jause?", fragt Jarosch. Er hat
Hunger bekommen. Livia freut sich darüber mit
Renata.
„Gute Arbeit macht hungrig", sagt sie scherzend.
Jarosch bedankt sich für das Kompliment.
„Morgen habt ihr sicher einen anderen Partner."
„Keine Angst. Den legen wir auch trocken",
antwortet Livia. Die zwei Frauen lachen über
Jarosch. Sein Stock hat sich in einen Schlauch
verwandelt.
„Wenigstens ist der Garten gut gegossen", singt
Renata. Sie summt dazu „Gärten im Regen -
Lieblich klingt der Gartenschlauch." Die Drei
singen fröhlich mit.
Nach der Dusche gehen sie zusammen zu
Hubertus. Hubertus bettelt Livia um eine
Massage.
„Heute bin ich kaputt", ist die Antwort.
„Das habe ich gesehen." Hubertus lacht. „Wir
müssen jetzt heraus bekommen, wer dringend
Geld für seine Familie braucht."
„Wir können wohl schon Etwas entnehmen?"

„Bei der Abrechnung, kommen wir zusammen schon auf unseren Restbetrag für das Hotel."

„So viel?", fragt Livia.

Alle sind positiv überrascht. Keiner bereut die Entscheidung.

„Wer hat denn heute das Meiste verdient?", fragt Jarosch.

„Wir alle haben gut verdient." Hubertus will keinen Wettbewerb. Er begründet das mit Befürchtungen zu Ungunsten der Qualität.

„Regie braucht ihr aber sicher keine."

Alle gehen zu Alex. Er hat noch ein paar Ideen für die Beleuchtung und für zusätzliche Kameras. Selma will ab morgen mitmachen. Sie ist begeistert von den Aufnahmen. Maske würde sie keine benötigen.

„Die Leute sehen mich eh kaum", beklagt sie.

„Dafür jetzt aber in deiner vollen Köstlichkeit", sagt Alex als Kompliment. Selma bedankt sich. Sie wirkt sehr erleichtert.

„Wir werden dich zu Etela schicken. Sie ist unser Lehrmeister."

Selma sucht sofort Aufnahmen mit Etela. Sie schaltet auf ihr Zimmer. Clara ist noch dort. Sie behandeln zusammen Karinka. Selma ist begeistert.

„Das ist das richtige Team für mich", sagt sie.
Alex freut sich für Selma.
Nach dem ersten Tag scheint sich das Kollektiv
zu festigen. Alle treffen sich in der Bar. Es gibt
Kaffee und Kuchen. Vier Teams arbeiten noch.
Sie haben ihre Show erst begonnen. In der Bar
läuft der Fernseher. Alex kann dort die Streams
anzeigen. Der Bildschirm ist in zwölf kleine
Fenster aufgeteilt. Jedes Zimmer ist sichtbar.
Alle applaudieren.
Zwei Kameras hat Alex auf das Außengelände
gerichtet.
„Wenn Besuch kommt," sagt er lachend,
„können wir rechtzeitig reagieren."
Alle finden den Einfall gut.
Hubertus hat eine Bowle angesetzt. Mit sehr
wenig Alkohol.
„Das ist zum Anstoßen für den erfolgreichen
Start unseres Unternehmens."
Nach und Nach kommen die Kollegen. Auch
Karinka und Etela. Clara wirkt sehr erholt.
„Wie war der Urlaub", fragt Hubertus.
„Das war mein bester Urlaub seit wir das Hotel
haben."
Nadja muss lachen. Sie steift mit der Zunge über
den Mittelfinger. Hubertus nickt dankend.

„Morgen bekommst du eine Behandlung von Ella und Lina", droht Clara.

„Schaut mal. Die haben sich heute schon ganz schön warm gemacht."

Hubertus zeigt ein paar Mitschnitte.

„Nicht schlecht", sagt Clara. „Ich habe Hunger."

„Barbara hat gekocht heute," sagt Hubertus.

„Wir gehen aber erst mal zur Zimmerstunde."

Die wird mehrheitlich begrüßt. Wahrscheinlich macht die gute Arbeit doch etwas müde.

Karinka und Etela fallen ins Bett. Sie sind müde. Der Arbeitstag war härter als erwartet. Nadja legt sich zu ihnen. Sie bleiben nicht lange zu Dritt. Selma steigt mit ins Bett.

„Ich will mich an euch gewöhnen", sagt sie ganz trocken. Beim Ausziehen bemerkt Etela den wunderschönen Hintern Selmas.

„Du hast den größten, den ich bisher gesehen habe." Sie klatscht Selma auf ihren Po. Alle lachen über die herrlichen Wellen, die der Hintern schlägt.

„Ein Meer der Träume", säuselt Nadja.

Etela redet von einer Seefahrt ins Glück. Selma ist sehr glücklich über die Komplimente. Sie freut sich darüber, wie ihr Bürohintern begrüßt wird. Manchmal, im Freibad, schämte sie sich dafür. Cellulitepaket, haben ihre Freundinnen zu

ihr gesagt. Sie sollte mehr Gymnastik machen.
Genau das hat aber den Hintern wachsen lassen.
Sie wurde muskulöser. Die Muskeln scheinen
das Schöne anzuziehen.
Alex wusste das Format zu schätzen. Es strahlt
Geborgenheit aus. Und die sucht Alex. Wärme,
Weichheit und Liebe. Genau das bietet Selma.
Für ihn. Bisher.
Etela scheint diesen Po auch besonders zu
lieben. Sie kuschelt sich in das besondere
Kopfkissen. Das Kopfkissen wird noch mit einer
sehr schönen Besonderheit geschmückt. Mit
Reithosen.
„Deine Figur ist umwerfend", gesteht Etela. Sie
küsst das Kopfkissen fortwährend. Selma fühlt
sich frei und geschmeichelt. Sie schlafen ein in
der Stellung.
Der Wecker klingelt. Karinka hat ihn gestellt.
„Essen! Ich habe Hunger."
Karinka ist nicht die Einzige. Alle Vier fühlen sich
hungrig.
„Nach dem Essen, stellen wir die neuen Gruppen
zusammen", befiehlt sie. Sie lacht dabei und
dreht genüsslich die Zunge durch ihre Lippen.
Sie schaut dabei Karinka an. Sie soll
wahrscheinlich Jarosch mal testen. Karinka wäre
nicht abgeneigt, schätzt sie.

„Willst du mal einen strammen Mann?", fragt sie Karinka.

„Für das Riesending bin ich wahrscheinlich zu eng", gesteht Karinka.

„Wer gefällt dir denn sonst noch?"

„Hast du keinen Tipp für mich?"

Karinka setzt auf Etelas Erfahrung. Die zeigt sich etwas verschlossen. Wahrscheinlich will sie selbst Jarosch wieder mal testen. Karinka bezweifelt das aber. Etela hat sich in den schönen Hintern Selmas verliebt. Den würde Karinka auch gern mal spalten. Selma hat ein feines Gemüt. Und das spricht Karinka auch an.

„Ich dachte, wir nehmen uns morgen Selma und Clara vor?", sagt sie zu Etela. Selma wird gleich hitzig.

„Das würde ich zu gern mal probieren", säuselt sie.

„Nicht, dass du dann unseren lieben Alex weg schickst", spöttelt Etela.

„Alex liebt mich. Euch auch."

Die Antwort kommt ganz trocken, aber weich betont.

„Sollen wir Alex mit zu uns holen?", fragt Etela jetzt etwas neugieriger. „Der würde auch gut zu Karinka passen."

Selma deutet bereits die Größe des

Zauberstabes von Alex an. Wie scheint, würde der gut zu Karinka stehen. Karinka hat das bemerkt.

„Ich habe nichts dagegen. Wir können das probieren."

Die vier Frauen lachen.

„Wir beschließen, wer bei uns sein darf", sagt Etela im Lachen.

„Fast wie zu Hause", antwortet Nadja. „Wir bestimmen, wer uns bespringt."

Das Lachen wird jetzt etwas lauter. Jarosch hat es gehört in ihrer Nachbarschaft. Er klopft an die Tür.

„Geht ihr auch Essen jetzt?"

Karinka antwortet ihm etwas lauter.

„Wir gehen zusammen. Wir machen uns gerade fertig."

„Ich warte im Zimmer."

Keine zehn Minuten und sie gehen zu Clara in die Bar. Das Essen steht schon auf dem Tisch. Das versprochene Filet.

„Davon können wir zwei Tage essen", sagt Clara. „Nach dem Essen werten wir mal unseren ersten Tag aus."

Alle freuen sich schon darauf.

„Ich habe euch einen feinen Vorschlag zu unterbreiten", beginnt Clara. „Wir werden den

Acht – Stunden – Tag mit geregelten freien Tagen einrichten."

Alle sind begeistert. Wie sie das realisieren möchten, ist die Frage.

„Alex hat mir Folgendes vorgeschlagen. Wir konservieren unsere Aufnahmen und senden die vom Band ins Netz. Damit können wir das den ganzen Tag senden. Ohne zu nachtschlafener Zeit arbeiten zu müssen."

„Die Schichtarbeit ist dann passe?", fragt Etela.

„Ja", antwortet Hubertus. „Wir haben dann das freie Wochenende und den gemeinsamen Feierabend. Auch zusammen, wenn ihr wollt."

„Muss es unbedingt das Wochenende sein?", fragt Nico. „Am Wochenende sind alle Leute draußen. Du kannst nirgends Essen gehen und stehst überall in der Schlange."

Sie stimmen ab, wann sie frei nehmen wollen. Alle einigen sich auf Dienstag und Mittwoch. Der Montag und Freitag wurde mehrheitlich abgelehnt. An diesen Tagen wäre zu viel Verkehr. Und der ist zu hektisch. Keiner möchte wegen einem Unfall - ausfallen.

Der Vorschlag wird einstimmig angenommen. Es folgt der Bericht über die Einnahmen. Das Kollektiv freut sich bereits. Die Andeutungen und Schätzungen von Hubertus haben schon die Runde genommen. Vorfreude macht sich breit.

„Ich schlage vor, mit den ersten Einnahmen zuerst die Kredite abzulösen", sagt Clara. „Danach können wir die Einnahmen durch unsere Mitarbeiterzahl teilen. Zu gleichen Teilen."

Die Runde tuschelt etwas am Tisch. Karinka holt wieder Marx hervor. Der Tisch muss lachen.

„Wir gründen eine Filmgenossenschaft", stößt sie heraus. „Wir pachten das Hotel von Hubertus und Clara."

Clara ist begeistert. Sie bringt das gleich zur Abstimmung. Alle sind dafür.

„Dann haben wir endlich Zeit genug, uns zu sonnen", sagt Etela.

„Auch die nötige Ruhe", wirft Hubertus ein. „Ich gehe schon gern auch mal Jagen."

„Nach Damenunterhosen", scherzt Clara.

Alle müssen lachen. Vor allem Ella und Lina.

„Unseren Tagesbericht über die Einnahmen machen wir jeden Abend nach dem Abendbrot. Ist euch das Recht?" Claras Frage stößt auf keinen Widerspruch. „Das dauert am Anfang etwas länger. Mit der Routine wird die Zeit abnehmen."

„Wie nennen wir unsere Filmgesellschaft?", fragt Etela.

Alle rätseln. Es gibt reichlich Gelächter. Die unmöglichsten Vorschläge machen die Runde. Hubertus merkt sich aber die ausgefallensten Namen. Er registriert die.

„Dingsbums", ruft Jarosch.

„Die Firma gibt es schon", sagt Hubertus mit einem Blick auf seinen Laptop. Alle finden das schade.

„Man könnte höchstens am Namen etwas basteln", sagt Alex. „Wir schreiben einfach Dingsbumms."

„Das würde es auch genauer treffen", lacht Jarosch.

Alle sind dafür. Die deutsche Sprache ist den Wenigsten eine Herzenssache. Sie legen Wert auf einen Namen. Der Rest ergibt sich von allein. Die Abstimmung erfolgt. Alle sind dafür.

Clara verspricht, das mit ihrem Steuerberater zu besprechen. Er und ein Notar, werden die Sache in die Hand nehmen. Als Geschäftsgrundlage werden die Kollegen – Naturaufnahmen angeben. Das haben sie unter reichlich Gelächter beschlossen.

„Was wir tun, ist doch reine Natur", scherzt Daniela.

Die Mannschaft bespricht jetzt noch, was bei Kontrollen zu tun ist. Alex schlägt vor, noch ein paar Außenkameras zu installieren. Alle sind begeistert. Sie beschließen einen Notfallplan. Ein Signal wird ausgemacht. Das Zimmertelefon. Sobald das Telefon einen Dauerton abgibt, muss die Tätigkeit vorerst eingestellt werden. Alle lachen. Man wirft ein, was in der Ekstase passieren soll. Außerdem sind diverse Spuren das Problem.

Hubertus verspricht mit Clara, den Besuch so lange wie möglich aufzuhalten.

„Eine Rezeption mit Wachfunktion müssen wir aufstellen."

„Die Zimmer sind eigentlich Wohnungen. Dafür bräuchte man eigentlich keine Genehmigung", sagt Petra, die Kellnerin.

„Das ist lange ausgehebelt", sagt Hubertus. „Bei Gefahr im Verzug, dürfen die Alles."

„Und unsere Gendarmerie kennen wir zur Genüge", sagt Daniela.

Robin, der Chef vom Bergtreu, sagte, die hätten ihn mal an der Zollstation zu Nauders so böse gefilzt. Unter Waffenandrohung. Mit dem Motorrad. Er war nur etwas Tabak holen. Den schwarzen – kubanischen. Am Zoll hat er gehupt, keine Reaktion. Er hat drei Minuten lang gehupt. Nichts. Also, fährt er los. Auf halbem Weg springt so ein junger Zöllner aus dem Gebüsch. Mit vorgehaltener Waffe. Seine Kollegin stand am Straßenrand. Er kam sich vor, als wäre er von Straßenräubern überfallen worden. Danach war er davon überzeugt. Es waren Straßenräuber. Er filzte ihn. Er beschlagnahmte den Tabak. Stellte eine Quittung aus und wollte einhundert und fünfzig Euro Bußgeld. Auf den Hinweis, ich wollte unten Zoll bezahlen, reagierte dieser postengeile Zinnsoldat gar nicht. „Ich dachte, ich bin im Faschismus gelandet", gesteht er. „Und das im Land der Reisefreiheit. Wir leben von Touristen. Genau das, spielt sich jetzt hier wieder ab. Die schließen einfach unsere Hotels. Wegen einem Virus. Wir haben Millionen von Viren in unserem Hotel." Er lacht bitter. Fast kommen ihm die Tränen.

„Wie Viel musst du denn noch bezahlen?"

„Drei hundert Tausend."

„Wenn Du mit machst mit Daniela, kannst du das in einem Monat verdienen."

„Das habe ich gerade mit bekommen", antwortet Daniela. „Wir werden uns schick machen für den Film."

Robin wird etwas rot dabei. Daniela ist ein gut

gewachsenes, schönes Stück Fleisch. Gut
gepolstert. Robin ist eher etwas klein geraten.
Aber sehr hübsch. Klein, zwischen den Beinen.
Nicht an Statur.
„Ich schäme mich etwas", gesteht er. Er senkt
den Kopf. Alle im Speisesaal applaudieren.
Keiner hätte so ein Geständnis erwartet. Blanka,
eines seiner Zimmermädchen meldet sich.
„So klein ist der nicht."
Daniela staunt.
„Hast du mit Blanka hantiert?"
„Nein. Ich war duschen und sie wollte unsere
Wohnung putzen."
Blanka wirkt erleichtert bei der Aussage. Daniela
hingegen nicht ganz. Dabei hat Daniela keinen
Grund, eifersüchtig zu sein. Bei ihr putzt
regelmäßig Slavo die Küche. Und den, wollte
Daniela gern bei der Stange halten.
Wahrscheinlich hat Slavo auch die Tastatur
Danielas mit erwischt. Wegen der Festigung des
Arbeitsverhältnisses. Köche mit schlechter
Laune, versauen gern das Essen. Und wer
riskiert das schon gern im Umfeld von den
vielen Hotels der Nachbarn.
Alle amüsieren sich über die Vorwürfe. Die sind
zwar spaßig vorgetragen, aber doch ernst
gemeint.

„Unsere jetzige Situation wird euch Zwei heilen", sagt tröstend Hubertus zu Daniela. Die sieht das ein. Robin auch. Es gibt ein liebes Küsschen.
„Wir sind in einer guten Familie angekommen", sagt Robin erleichtert.
Hubertus trägt mit Alex zusammen den Finanzbericht vor. Bisher ist das steuerfrei.
„Unser Gründungsdarlehen erarbeiten wir uns selbst", scherzt Alex.
„Bisher haben wir nur unser Personal belauscht. Das ist zwar kriminell, muss aber angezeigt werden."
„Du darfst uns noch etwas belauschen", sagt Lina. Lina ist recht dünn und zierlich. Sie wirkt bisweilen etwas hyperaktiv. Das setzt sie in Beweglichkeit um. Fast wie eine Ballett - Tänzerin. Hubertus nickt bei der Bemerkung eifrig.
„Bei Lina musst du aber schnell sein. Sie schläft sofort ein. Vor allem, musst du schnell die Mikrofone abschalten. Lina schnarcht gleich los."
Alle müssen lachen und schauen zu Lina. Lina wird etwas rot im Gesicht. Ella meldet sich zu Wort.
„Lina sucht nur einen festen Partner."
Ella schaut dabei Nico fest an. Nico war früher mit Lina zusammen. Irgendeine Eifersüchtelei

hat die Zwei auseinander gebracht. Es muss nach einem Tanzabend passiert sein. Lina ist dann zu ihren Kolleginnen umgezogen. Nico ins Köchezimmer.

Alex fängt an.

„Nach meinen Zählungen haben wir an einem Tag fast dreißig Tausend Euro eingenommen."

Alle klatschen. Hubertus ergänzt die Aussage noch.

„Wenn es so bleibt, haben wir in zehn Tagen die Schuld bezahlt."

Hoffnung macht sich breit im Kollektiv.

„Dann hätten wir zwanzig Tage für uns?", fragt Karinka. Ihr Gewissen drückt sie etwas. Sie hat zu Hause - Überweisungen versprochen.

„Deinen Vorschuss zahlen wir gleich aus", sagt Clara. Sie kennt die Verhältnisse von Karinka. Etela hat es ihr erzählt.

„Gibt es sonst noch Sorgen? Stimmen wir das ab?"

Alle heben die Hand. Keiner scheint Sorgen zu haben. Immerhin arbeiten sie schon ziemlich lange bei Hubertus und Clara. Alle haben rechtzeitig überwiesen nach Hause. Die kommende Auszahlung liegt bei ihnen pünktlich an. Vermuten sie.

„Was machen wir mit unseren einheimischen

Kollegen. Die sind doch sicher arbeitslos", fragt Daniel.

Clara verspricht, sich darum zu kümmern.

„Ich weiß nicht, wie lange unsere Kollegen Arbeitslosengeld bekommen. Nach unseren Unterlagen, etwa zwanzig Wochen."

„Darum müssen wir uns dringend kümmern", sagt Hubertus. Er notiert sich das gleich. Dario hebt schüchtern die Hand. Bei ihm zu Hause muss das Haus neu aufgebaut werden. Er hat auch Darlehen zu bedienen.

„An die falschen Banken", ruft er zornig.

Auf die Frage von Hubertus, wie viel das ist, schüttelt er den Kopf.

„Das muss ich erst erfragen."

„Wir legen für dich eine kleine Reserve an", tröstet ihn Hubertus. Dario fällt fast aus den Wolken. Er weint. Clara schätzt ihn als sehr treuen Mitarbeiter. Er kümmert sich um die vielen kleinen Dinge der Küche. Das macht ihn unersetzlich.

Nach der Abrechnung, beschließen Alle einstimmig, die Sauna und das Bad zu besuchen. Die Sauna wäre eigentlich zu klein für Alle zusammen. Sie kombinieren das mit dem Badespaß.

„Badeanzüge sind nicht nötig", kommentiert Hubertus den Beschluss.

„Dann fallen uns aber die vielen Haare in den Filter", sagt Rosa. Rosa ist die zweite Köchin von Clara. Hubertus hat Rosa mal darauf hin gewiesen. Sie sollte sich eine Badekappe aufsetzen.

„Solange es Schamhaare sind, gibt das wenig Probleme", antwortet Hubertus. „Wir reinigen eben den Filter danach."

Rosa muss lachen. Sie hat sich erst rasiert. Wegen der Aufnahmen. In der Küche ist ihr die Behaarung schon lieb. Zumindest jene im Schambereich. Das verhindert Entzündungen, hat sie gesagt. Die Zimmermädchen bestätigen ihre Aussage. Teilweise.

Clara hatte die Sauna schon eingeschaltet. Die Frauen gehen zuerst. Alle Männer rollen mit den Augen bei dem Anblick der Nymphen.

„Wie im Puppengeschäft", sagt Tim.

Tatsächlich stellt er einen ungeheuren Frauenüberschuss fest.

„Das Paradies erwartet uns", antwortet Jarosch. Eine leichte Reaktion zeigt sich bei ihm. Etela gibt ihm beim Vorbeigehen einen ziemlich strengen Klaps auf die erhöhte Stelle. Jarosch zuckt zusammen. Alle lachen darüber.

Die Frauen gehen zur Hälfte in die Sauna. Die Anderen springen gleich ins Wasser. Sie quieken etwas dabei. Aufreizend. Die Männer ziehen ich aus und springen den Frauen hinterher.

„Wie in Kroatien", sagt Dario. „Das war unsere beste Zeit."

Viele ihrer Kollegen waren noch nicht nackt Baden. Das spürt Karinka. Etela ist da bedeutend erfahrener. Sie badet grundsätzlich nackt. Auch im Freien. In Bäder geht sie nicht. Nur in Bäder, in denen nackt Baden erlaubt ist. Sie ist immer auf der Suche nach Futter, könnte man denken. Dabei legt sie immer großen wert auf ihr Äußeres. Gut rasiert und immer in Form. Karinka freundet sich inzwischen mit den Figuren ihrer neuen Freundinnen und Freunde an. Sie findet alle ihre Kollegen schön. Auch interessant. Selma gefällt ihr mit ihrer extrem fraulichen Figur. Rasiert, denk sie sich. Sie wünscht sich schon eine Vorstellung mit ihr. Selma bemerkt ihre Aufmerksamkeit. Sie zeigt ihr aufreizende Stellungen. Ungeniert. Das zieht aber nicht nur Karinka an. Viele Glieder ihrer Kollegen heben sich auch etwas. Und das trotz relativ kaltem Wasser. Die Vorfreude auf die Vorstellung morgen wächst. Jetzt will sie noch Alex kontrollieren. Regt sich dort Etwas? Sie sucht nach Alex. Alex hat sich mit seinem Blick an Clara festgebissen. Er wirkt wie verzaubert. Seine Wunschrute steht auf Halbmast. Alex wird uns morgen reichlich Freude bereiten, denkt sich Karinka. Sie misst mit den Augen sein Ding. Gut, denkt sie sich. Alex ist auch schön. Sie findet ihn sogar hübsch mit seinen nassen Haaren. Er wirkt mitunter etwas unbeholfen. Dabei ist er das ganze Gegenteil. Alex ist forsch. Fast draufgängerisch.

Die zweite Saunabesatzung tritt an. Karinka ist mit dabei. Die Ersten springen ins kühlere Wasser. Lautes Gequieke ist zu hören. Der Spaß scheint grenzenlos zu sein.

Nach dem Bad helfen sich die Kollegen untereinander beim Abtrocknen. Nicht ganz uneigennützig. Man betastet sich an allen Stellen untereinander. Die Reaktionen werden geprüft. Fast eine Fleischschau. Karinka möchte die herrlichen Wellen von Selmas Popo trocknen. Wie scheint, entsteht gerade an dieser Quelle, reger Zulauf. Alex bewundert das Schauspiel. Sein kleiner Mann registriert das mit steigendem Gefühl.

„Pass auf. Verliere kein Quecksilber aus deinem Thermometer", sagt Clara. „Das wollen wir morgen."

Alex ist begeistert von Claras Figur. Sie ähnelt der von Selma. Nur der Hintern ist etwas kleiner. Dafür aber genau so weich. Alex muss das Paradies betatschen. Er tut es wie bei Selma. Er erzeugt eine Wellenbewegung dieses entzückenden Fleisches.

„Kannst du diese Bewegung auch mit deinem Schlegel", fragt Clara. Das Kompliment beflügelt Alex zusätzlich.

In der Sauna betrachtet Karinka ganz gelassen die Muschis ihrer Kolleginnen und Freundinnen. Sie sortiert sie nach ihrer Vorliebe. Sie mag die dicken fleischigen Muschis. Zwei Freundinnen verfügen über diese Waffen. Keine der Frauen setzt sich mit geschlossenen Oberschenkeln hin. Alle zeigen, was sie haben. Das Angebot ist riesig. Von klein und gefasst bis groß und saftig. Barbara hat sich in Karinkas Muschi fast verliebt. Sie kann den Blick nicht mehr abwenden. Karinka bemerkt das. Sie reagiert mit festen Brustwarzen. Barbaras Muschi gehört zu den dicken. Der Hintern ist etwas zu klein. Vermutlich auch ziemlich fest. Barbara scheint viel zu laufen in der Küche. Jetzt schaut sie zu Selma. Selma bemerkt das. Sie spreizt die Beine noch etwas mehr. Ein Paradies, denkt sich Karinka. Die Schweißtropfen laufen die Leiste herunter. Karinka würde die sofort abküssen. Sie wird fast verrückt bei dem Gedanken. An der Saunatür klopft es.

„Ab ins Wasser", ruft Hubertus. Die Tür geht auf. Bei dem Anblick wird Hubertus steif. Nicht auf der Zunge.

„Mit was hast du die Tür geöffnet", fragt Etela. Sie nimmt den Stab in die Hand und reibt ihn drei Mal kräftig hin und her.

„Hör auf", ruft Hubertus. „Rutschgefahr."

Die Frauen müssen lachen. Kurz darauf hört Hubertus ihr Gequieke im Wasser.

„Reg dich ab", sagt Tim.

Wie auf Kommando, kommt Hubertus wieder auf den Boden zurück.

„Springe noch mal ins Wasser", sagt Tim lächelnd.

Der Saunagang ist eine gemischte Sauna. Die Bedienung vom Bergtreu ist mit den Männern zusammen hinein gegangen. Verena und Petra auch. Die schlanken Damen präsentieren ihre Nester. Sie bewundern die Reaktionen der Jungs. Ihre Schlankheit gestattet mehr Einblicke. Und das scheint zu wirken. Nico scheint gerade anatomische Studien zu betreiben. Er wirkt wie weg getreten. Verena weckt ihn. Sie legt zwei Finger auf ihre Tastatur und bewegt sie etwas.

Nico sieht den Saft rinnen. Verena hatte frei heute. Sie hat die Spermaflüsse mit beseitigt.
„Bei der Menge hätte ich leicht Mutter werden können", säuselt sie Nico an.
Nico wechselt die Bank und setzt sich neben sie. Er streichelt leicht ihre Oberschenkel. Die kleinen süßen Brüste werden sofort fester.
„Deine zwei Nussknacker muss ich morgen mal etwas bearbeiten", sagt er leise zu Verena. Sie legt die Hand auf sein Horn.
„So lange musst du nicht unbedingt warten. Komm mit auf mein Zimmer. Petra wird dich auch empfangen."
Petra hat das gehört. Sie wird auch gleich etwas fester an ihren Brustwarzen.
„Wir werden dich noch heute behandeln."
„Aber für den Film müsst ihr schon noch Etwas übrig lassen."
„Keine Angst. Petra hat das gelernt. Ich auch."
„Dann bin ich beruhigt."
„Das sieht aber nicht so aus", sagt Petra. Sie formt die Hand zu einer Spinne. Mit einem Kronengriff betastet sie die Eichel Nicos.
„Ein Prachtstück", flüstert sie. Alle schauen zu. Nico sitzt wie versteinert. An der Saunatür klopft es.

„Raus hier", ruft Daniela. Sie steht mit Robin vor der Tür. Allein.

„Wer kommt mit?", ruft sie in die Schwimmhalle. Im Nu melden sich Lea und Livia. Die sind den anderen Frauen gefolgt. Sie wollen aber noch einmal mit rein.

„Den Toten wecken wir auf", ruft Livia beim Anblick von Robins Hängeleiden.

Beim Hineingehen hält sie den Mittelfinger neben das Kleinspielzeug Robins. Sie will vergleichen. Robin gewinnt. Das überrascht Livia sehr.

„Wenn du etwas Blut übrig hast, kannst du den mal füllen."

Die Vier lachen. Robin schämt sich kein bisschen mehr im Umfeld seiner neuen Freunde. Er wirkt bedeutend entspannter. Die Berührung Livias wirkt wie eine Zauberhand. Aus dem Hörnchen wird blitzartig ein Horn. Daniela staunt auch.

„So habe ich den vor zehn Jahren das letzte Mal gesehen."

„Das liegt an eurem Stress", sagt Livia. „Wenn die Gedanken keinen Raum für Glück finden, wird das verdrängt."

„Das bemerke ich bei mir", antwortet Daniela. „Ich werde zunehmend nervöser und ziemlich launig."

In der Sauna kümmern sich die Zwei um den toten Vogel von Robin. Bei Daniela sehen sie ein feuchtes Fleckchen auf ihrem Handtuch.

„Wie scheint, müssen wir dich auch behandeln", sagt Lea lüstern. Sie blickt dabei auf die saftig wirkende Pussy Danielas. Lea hat Werner allein gelassen auf dem Zimmer. Er wollte etwas ruhen.

Daniela schaut aufgeregt zwischen ihre Beine.

„Das liegt eher am Badewasser", antwortet sie ziemlich nervös.

„Jaja; Badewasser", ruft Livia lachend.

„Ich kenne mich schon aus mit diversen Flüssigkeiten, die bei meinen Massagen so hervor kommen."

„Ist da auch manchmal Blut dabei. Bei deinem festen Griff."

Livia lässt gleich etwas locker.

„War das zu fest?"

Livia hat die Leistengegend von Daniela massiert.

„Nein. Nur mein Höhepunkt."

Allen fällt auf, Daniela zeigt körperlich kaum eine Reaktion. Sie ist zu sehr von der körperlichen Beherrschung eingenommen. Ja nicht gehen lassen.

Daniela zeigt gerade einen ihrer reizendsten

Anblicke. Es ist die Falte, die sich beim Einknicken des Oberschenkels zeigt. Sie besteht nur aus einer einzigen Falte. Nicht aus mehreren. Sie wirkt wie ein Knick. Und der regt Robin an. Er muss den Knick küssen. Vor den zwei Frauen. Die sind begeistert. Der Knick bildet sich sonst nur unter Strumpf- oder anderen, eng anliegenden Hosen. Es zeigt, Daniela ist weder altes Fleisch, noch Haut und Knochen. Sie ist extrem gut gebaut. Fraulich. Nicht maskulin. Livia greift den Stab Robins. Der steht jetzt in seiner vollen Pracht.

„Soll ich?"

Robin ist schon total abwesend. Livia entscheidet sich, den Stab Robins in den Mund zu nehmen. Jetzt bemerkt Robin das. Er legt sich gemütlich mit dem Rücken an die Bretterwand der Sauna. Daniela bemerkt das. Sie will helfen.

„Ich mach das", sagt Livia ruhig zu ihr. Lea setzt sich zu Daniela.

„Du bist wie mein Werner. Vertraue Livia. Die hat mit ihren Freundinnen, Werner zum Leben erweckt."

Lea streichelt dabei die die Leiste Danielas. Die reagiert sofort. Mit steifen Knospen. Lea nimmt eine in den Mund.

Es klopft an der Saunatür.

„Ende", ruft Hubertus. Mit dem Ruf öffnet sich die Tür. Hubertus ist hoch erfreut über den Anblick. Erst jetzt bemerkt er, wie schön Daniela tatsächlich ist.

„Da habe ich ja Etwas verpasst", scherzt er.

„Werner ist wieder wach."

„Dann gehen wir zu Werner", sagt Lea. „Der wird sich freuen."

Lea scheint Werner tatsächlich zu lieben, denkt sich Hubertus.

Die Sauna leert sich. Die Frauen und Robin springen ins Wasser. Im Nu verwandelt sich Robin wieder in die bemitleidenswerte Person. Er freut sich trotzdem darüber. Vor allem über seine Begleiterinnen. Daniela streichelt ihn ganz fürsorglich.

Der Rest der Mannschaft hat sich schon in die Bar zurück gezogen. Es gibt Kuchen. Als Dessert. Zur Bowle. Man bespricht nebenbei die Zimmerverteilung für morgen. Und die scheint ziemlich interessant zu werden. Eigentlich wollte Clara mit zu Karinka und Etela gehen. Das hat sich geändert. Etela nimmt Selma und Alex mit. Natürlich auch Karinka.

Alle freuen sich über das kommende Programm. Arbeitsbeginn ist neun Uhr. Mit einem gemeinsamen Frühstück. Etela hat vor, mit

Selma und Alex ein kleines Training zu veranstalten. Karinka soll ihr dabei helfen. Sie besprechen das auf dem Weg zum Zimmer. Clara schaut ihnen sehnsüchtig hinterher.

„Schlafen würde ich schon gern bei Euch", ruft sie halblaut hinter her. Sie würde sich schon gern Appetit holen bei Selmas Figur. Diese Art - Figur liebt Clara über Alles. Frauenfiguren. Damit kommt sie gleich nach Etela. Etela ist verrückt nach Selma.

„Ich muss sie erst noch etwas ausbilden", ruft Etela zurück. Clara akzeptiert das. Sie nickt still und gibt Etela ein Handküsschen.

Im Zimmer angekommen, wollen Etela und Karinka natürlich erst mal Alex sehen. Sein Besteck interessiert sie. Selma hilft Alex beim Ausziehen. Karinka schlägt die Hände über dem Kopf zusammen.

„Das Ding sieht gut aus. Sehr gut."

Alex wird gleich etwas lockerer. Zuerst war er etwas zurück haltend. Jetzt, beim Anblick der Schönheiten, zeigt er Interesse. Selma bemerkt das. Sie freut sich darüber.

„So habe ich ihn lange nicht gesehen", stöhnt sie.

„Dann könnt ihr ja zusammen duschen", sagt

Etela. Wohl in dem Wissen, der wunderschöne Hintern Selmas verhindert das.

„Du kümmerst dich um Alex. Ich nehme Selma."

„Willst du das schon aufnehmen?"

„Das können wir probieren", sagt Alex. Er ist selbst gespannt, was daraus wird. Selma, jedenfalls, findet er sehr fotogen.

„Wir könnten unsere Filme auch mit Fotoangeboten anreichern", fällt ihm gerade nebenbei ein. „Ein paar Einnahmen könnten wir auch da erwarten."

„Du musst aber auch bedenken, wie viele Menschen dazu gezwungen sind, sich vor der Kamera auszuziehen."

„Das kann ich sehr wohl nachvollziehen."

Selma probiert, bei Alex in die Dusche zu steigen. Obwohl die Dusche recht geräumig gebaut ist, haben die Zwei zusammen, keinen Platz. Alex bleibt allein drinnen. Selma will ihn waschen. Schon kommen die Zwei, Etela und Karinka. Sie haben das Klistier mit. Alex rollt mit den Augen.

„Brauche ich das auch?"

„Deine Kunden sagen dir, was du brauchst", antwortet Etela. Und die Damen haben die Kundenwünsche schon kennen gelernt.

„Willst du es bei uns lernen oder bei Belo?"

Alex überlegt.

„Etwas Zeit zum Überlegen müsst ihr mir schon zu gestehen."

„Keine Angst. Belo tut dir nicht weh. Er ist unser Kollege. Das ist unsere Arbeit."

„Wenn ihr das so seht, fühle ich mich erleichtert."

„Belo und Adam sind Fachmänner bei der Behandlung toter Hosen und Männerärschen."

„Das klingt schon mal gut."

„Und ich bin Fachfrau bei der Behandlung eingeschlafener Muschis", sagt Etela lüstern. Sie klatscht Selma leicht auf den Po. Die Wellenbewegung reizt sie. Selma lässt ihre Pobacken extra locker. Sie hat die Bewunderung Etelas lange bemerkt. Karinka wäscht Alex. Die Reaktion lässt nicht lange auf sich warten. Selma schaut interessiert zu.

„Der glänzt schon", sagt sie.

Karinka nimmt die milde Rosenseife. Mit der linken Hand massiert sie den Stab von Alex. Rechts hat sie schon das Klysma in der Hand. Der warme Strahl über dem Hintern von Alex zeigt Wirkung. Alex verzieht schon etwas das Gesicht. Schwupp, steckt Karinka das Klistier in den Po von Alex. Und der zeigt eine Fontäne, die ihm sicher in seiner frühen Jugend mal gelang.

Er muss sich an der Duschwand festhalten.

Selma geht mit der Hand an seine Hoden. Die sind fest und gebündelt.

„Mein Gott. Das ist eine Kaffeetasse voll."

Sie reibt und lässt keinen Tropfen nach den Schüssen fallen. Sie küsst jeden Tropfen sofort weg.

„Mein Dessert. Alex ist sterilisiert", betont sie.

Das hört Etela zu gern.

„Dann kannst du auch mal bei mir", bietet sie Alex an.

„Deine hübsche Blüte würde ich schon gern mal befruchten."

Selma wird kein bisschen nervös bei der Äußerung. Sie betrachtet die Frauen bereits als Familienmitglieder. Etela hat sie schon fest im Griff. Sie stöhnt und steht stramm. Der Schuss von Alex hat sie zusätzlich erregt. Und wieder entzückt Etela die sehr schöne Wellenbewegung von Selmas Hintern.

„Ein Paradies", ruft sie voller Bewunderung.

Karinka lässt die Rute von Alex gar nicht erst klein werden.

„Das musst du täglich fünf mal schaffen. Am besten, am Stück. Wir wecken dir den schon auf."

„Ich sehe göttliche Zeiten auf uns zu kommen", sagt Alex zu Selma.

„Das scheint besser zu sein als unsere Urlaube bisher."

„Wo habt ihr denn immer Urlaub gemacht?", fragt Etela

„In Kroatien. Am Nacktbadestrand."

„Na; dort hast du doch bestimmt schon Wunderwerke gesehen."

„Das hat für uns immer recht anregend gewirkt."

„Da wird dir und Alex ja nichts fehlen bei uns."

„Das sehen wir auch so."

Karinka freut sich über die Zwei. Weil sie sich zusammen entschlossen haben, den Weg zu gehen. Sie gibt das auch als Kompliment weiter. Selma bedankt sich recht herzlich. Sie fasst Karinka ganz entschlossen an ihr Nest.

„Du musst dich noch abtrocknen."

„Ich habe schon mein Gleitgel aufgelegt", antwortet Karinka halb berauscht.

Die Duschprozedur ist beendet. Alex kontrolliert die Kameras. Etela schaltet den Fernseher ein. Und den Laptop.

„Ich verknüpfe dir das mal schnell", sagt Alex. Keine drei Minuten vergehen und der Bildschirm vom Laptop ist jetzt auf dem Fernseher. In groß. Die Frauen klatschen in die Hände.

„Du bist ein Genie", ertönt es mehrstimmig.
Die Drei rätseln jetzt, wie sie sich in ihr Bett
legen.
„Ich würde zu gern die Nacht zwischen den
Beinen Selmas verbringen", sagt Etela. „Ganz
nah am Nest. In den Wellen dieses schönen
Ozeans."
„Gelegentlich wird sich in der Nacht ein
Fürzchen verabschieden", gibt Selma zu
bedenken.
„Ich liebe atmende Kinder", scherzt Etela zurück.
„ Karinka ist auch gelegentlich schwanger."
Karinka wird etwas rot.
„Du belauschst mich, während ich schlafe?"
„Und ob. Ich will doch wissen, von was du
träumst."
Die Vier lachen.
Etela stellt zuerst einen Spielfilm ein. Einen
lustigen. Die Olsenbande. Etela muss immer
lachen, wenn sie Helga Hahnemann hört. Schon
ihre Eltern waren begeistert von ihrer nervigen
Art. Mit Helga haben sie ihr Deutsch verbessert.
Etelas Mutter hat sie oft nachgeahmt.
Etela liegt neben Selma. Karinka neben Alex. Die
Zwei liegen in der Mitte. Etela hat ihren Kopf auf
Selmas Bauch liegen. Sie kreist bisweilen mit der
Zunge um den Bauchnabel Selmas. Das reizt sie

um so mehr. Sie lacht häufiger als die anderen Drei. Mit ihrer warmen Hand streichelt Etela, Selmas Innenseite der Oberschenkel. Selma wird feucht dabei. Etela spürt das.

„Ist dein Rosettchen auch schon mit befeuchtet?"

„Sicher", stöhnt Selma.

Alex wird scharf beim Zuhören.

Karinka nimmt das Bäumchen in ihre warmen Hände.

„Ist schon Erntezeit?"

Karinka spürt ein Tröpfchen. Das verteilt sie ganz zart auf dem Köpfchen des Stammes. Mittlerweile ist es ein Stamm geworden. Sie sucht mit der Hand das Beutelchen.

„Du hast doch nicht etwa schon gepackt?"

„Wenn du noch etwas weiter machst, packe ich wieder aus."

Etela schiebt Alex den Mittelfinger in den Anus.

„Jetzt kannst du schneller auspacken."

Kaum hat sie das gesprochen, werden die Beine von Alex steif. Karinka drückt den pulsierenden Johannes in Richtung Selma. Und dort wartet schon Etela. Die verteilt das herrliche Gleitmittel gleich zwischen Selmas Schenkeln. Selma lässt sich das nicht zwei Mal sagen. Sie öffnet ihr Paradies. Ihr Bauchnabel ist der Stausee für das

Gleitgel. Etela taucht regelmäßig ihre Finger dort hinein. Bei der Bewegung berührt sie auch gelegentlich den Pförtner Selmas. Und der steht knochenhart vor der herrlichen, gut gepolsterten Spalte. Wie ein neugieriger Vogel, der aus dem Starkasten schaut. Etela berührt die Perle mit dem Gleitgel von Alex. Und schon schon zittert Selma am ganzen Körper.

„Du hast Goldhände", stöhnt sie.

Alex staunt, wie schnell das geht.

„Bei euch kann ich mich richtig fallen lassen", gesteht Selma.

Karinka besteigt Alex.

„Jetzt will ich den mal rein haben", zischt sie.

Selma lässt sich das nicht zwei Mal sagen.

„In welche Dose?"

„Nehm` bitte die feuchte Dose."

Selma nimmt den Pinsel von Alex und reibt ihn an der Pussi Karinkas. Karinka springt fast in die Höhe. Nach der kurzen Massage mit dem Pinsel von Alex, drückt sie ihn in die Möse Karinkas. Karinka fängt sofort an zu zittern. Ihre Oberschenkel spannen sich. Der Kopf fällt auf ihr Brustbein. Sie gibt einen Hauch von sich, der an den letzten Hauch eines Sterbenden erinnert. Alex umfasst Karinka an den herrlichen Brüsten

wie sein Eigentum. Er kommt mit ihr zusammen.
Selma sieht den See in Karinkas Feige entstehen.
„Wunderschön", stöhnt sie. Etela hat bereits
ihren Daumen in ihrem Rosettchen vergraben.
Mit dem Zeigefinger in der Pussy zusammen,
massiert sie Selmas Damm. Selma geht schon
wieder in den Himmel.
„Bei euch Zweien bleiben wir", jammert sie.
„Du kennst Jarosch und Tim noch nicht."
Karinka ist von dem warmen, pulsierenden
Strahl in ihrem Unterleib völlig begeistert.
„Von der Dusche könnte ich mehr gebrauchen.
Viel mehr."
Die Vier lachen ausgelassen.
„Wir haben Etela vergessen", ruft Karinka ganz
erschrocken
Kaum hört Etela das, legt sie sich breitbeinig hin.
„Nehmt mich!"
Sie greift ins Nachtschränkchen. Dort nimmt sie
ihren Doppeldecker heraus. Karinka weiß, was
sie damit meint. Sie will das volle Programm.
Etela bekommt wie ihre Freundinnen, nur eine
Kurzvorstellung. Sie soll morgen nicht
verbraucht sein. Das Netz verlangt das volle
Engagement. Ihr Einkommen hängt davon ab.
Etela sieht ein, an ihrem Verhältnis als
Dienstleister hat sich im Grunde nichts

verändert. Nur minimal die Form des Dienstes. Sie sieht den Vorteil in einem gerechteren Einkommen. Davon kann sie auch Selma und Alex überzeugen. Karinka ist das seit ihrem Dienstantritt bewusst. Nur mit einem Unterschied. In der Bar wurde sie von Unbekannten intim berührt. Jetzt von Freunden. Und das ist ihr alle Mal lieber.

Die Vier schlafen ein während eines Filmes. Etela hat den sowjetischen Film, „Rette sich wer kann" gezeigt. Alle haben sich köstlich amüsiert. Alex will unbedingt eine Kopie des Meisterwerkes an sowjetischer Komik.

Am kommenden Morgen gehen sie geschlossen zum Frühstück. Tim serviert. Er lächelt. Früher hat Tim selten gelächelt. Jetzt lächelt er über die gesamte Breite seines freundlichen Gesichtes. Er singt beim Servieren.

„Du bist ja völlig verändert", sagt Karinka

„Adam hat Zauberhände."

Karinka staunt bei der Äußerung.

„Du wirst doch nicht etwa die Seite wechseln."

„Keinesfalls. Ich liebe dich."

Er küsst Karinka auf die feinen gepolsterten Lippen.

„Du bist die richtige Frau für einem armen Koch wie mich. Du trägst weder Lippenstift, noch

Wimperntusche, noch Nagellack. Und trotzdem bist du die Schönste."

Karinka ist sichtbar berührt von diesem Kompliment samt Antrag.

„Bei deinen Qualitäten muss ich mir das doch ernsthaft überlegen."

Karinka denkt dabei an die Länge seiner Finger. Irgend wann hat sie gelesen, die Fingerlänge sagt Etwas über die Schrittgröße aus. Beim Überlegen schaut sie genau an diese Stelle bei Tim.

„Du wirst nicht enttäuscht sein von mir", sagt Tim. Er bemerkt den Blick von Karinka und schiebt extra die Hüfte leicht nach Vorn.

„Kommt bald der Kaffee?", ruft Clara. Sie lacht dabei. Clara wirkt auch frisch und wie neu geboren. Das ganze Kollektiv ist ein einziges Lächeln. Jetzt scheint man sich richtig zu kennen. Die Oberflächlichkeit wurde besiegt. Und das ausgerechnet bei intimen Beziehungen.

Mit dem Kaffee in der Hand, gibt Clara die Einteilung bekannt.

Jarosch fragt, ob der Kaffee gespritzt ist. Alle lachen.

Clara gibt bekannt, sie ist heute bei Livia. Livia klatscht in die Hände. Sie kann es kaum erwarten und will sofort aufbrechen.

„Hast du es eilig?", fragt Clara.

„Ich will sehen, was du alles gelernt hast."

„Wir könnten erst noch ein Stückchen Kuchen essen."

„Gerne. Zusammen?"

„Aber ja doch."

Alle applaudieren.

Selma und Alex freuen sich, bei Karinka und Etela zu sein.

Hubertus bekommt heute eine Behandlung von Adam.

Alex stellt jetzt schon die Verbindungen her. Er richtet auch die Mitschnitte ein. Gleich darauf zeigt er die Aufnahmen von gestern. Zur Stimulierung, sagt er. Alle finden die Aufnahmen sehr gelungen. Auch die einzelnen Mitschnitte und Auszüge.

Etela geht von Tisch zu Tisch und bettelt um die Frühstückseier.

„Brauchst du die schon?", fragt Nico. Nico ist heute wieder bei Belo. Scheinbar hat ihm die Behandlung sehr gefallen. Belo dreht schon seine Zunge in der Lippe.

„Heute ist ein guter Tag", säuselt er.

Alex bemerkt nebenbei, Belo hätte fast die meisten zahlenden Zuschauer versammelt.

Alle gratulieren ihm. Belo steht auf und zeigt seine Bizeps. Der Applaus ist ihm sicher.

„Das Tablett tragen und die Kilometer halten dich gut in Form", schwärmt Etela.

„Natürlich auch deine anatomischen Kenntnisse", setzt Nico noch dazu.

Belo betrachtet das als ausgesprochenes Kompliment.

„Ihr nehmt mich wenigstens, wie ich bin."

„Nicht ganz. Deine Stimme kann mitunter etwas lästig sein", sagt Daniela. Sie lacht dabei ziemlich ausgelassen.

„Vor allem, wenn er schwimmt", gibt Slavo zu.

„Du bist auch noch dran", kontert Belo.

„Aber lieber mit Adam. Der ist bedeutend ruhiger."

Belo spielt den Beleidigten. Er wird etwas rot dabei.

„Unsere Belina weint", ruft Adam und lacht.

„Ich wünsche uns einen guten Arbeitstag. Zu Mittag treffen wir uns", gibt Hubertus bekannt.

Alle gehen mit ihren Partnern in ihre Zimmer. Die Kameras laufen bereits.

Clara wird gleich von Livia in die Dusche begleitet.

„Ich bereite dich jetzt fachmännisch vor", gibt sie mit einem recht strengen Blick zum Besten.

„Warte auf meine Rache."
Livia streichelt die Wellen des schönen Hinterns
von Clara. Die reagiert sofort.
„Du Genießer!"
Livia drückt ihre steifen Brüste an den Hintern.
Clara spürt sie und wird erregter. Livia zieht mit
ihren Brustwarzen Kreise. Clara hat fast das
Gefühl, als würde Livia ihr mit einem Buntstift
den Hintern bemalen.
„Du malst doch nicht etwa kleine Muschis auf
meinen Hintern?"
„Soll ich sie wieder weg radieren?"
„Ja gerne."
Livia fängt an, den schönen Hintern mit ihren
vollen Lippen zu küssen. Mit der Zunge spielt sie
den Radiergummi. Clara quiekt schon vor Lust.
„Das kann was werden", seufzt sie. „Nach deiner
Behandlung brauche ich eine Tragbahre."
„Die haben wir schon. Auf dem Massagetisch."
Das hat Clara gar nicht gewusst. Die Trage ist im
Massagetisch eingebaut.
„Oh. Das ist ja fein. Dann kannst du mich auch
fertig machen."
Gesagt getan.
„Du wirst alt. Ich habe eine Falte entdeckt."
Clara dreht sich ganz aufgeregt um.
„Wo?"

Livia legt ihr die Finger auf das ziemlich feuchte Nest.

„Hier. Die Falte näßt auch etwas.“

Beide lachen. Livia betropft Clara mit Öl. Es duftet nach Rosen. In der Leistengegend sammelt sich das Öl. Livia verteilt es gierig.

„Damit bekommen wir die Falten weg.“

„Habe ich schon Cellulite?“

„Aber du hast die schönste Cellulite, die sich eine Frau wünschen kann. Genau am richtigen Fleck.“

„Hubertus findet die auch schön.“

„Mach die ja nicht weg. Dann bekommst du einen spitzen Hintern und einen Damenbauch.“

„Das musst du mir unbedingt weg massieren. Aaah“, stöhnt Clara. „Du hast mich schon wieder.“

Livia findet Gefallen an der Reaktion Claras. Sie kann einfach nicht aufhören. Clara will das auch nicht. Sie hält Livias Hand fest.

„Bleib hier“, fordert sie.

„Möchtest du einen schönen Doppelten?“

„Aber nicht zu dick. Mit guter Vibration.“

„Ich kenne deine Vorlieben. Von Etela.“

„Stelle mal bitte Hubertus auf groß. Ich will sehen, wie Adam ihm sein Schwänzchen richtet.“

„So klein ist der nicht. Ich habe den die Tage gut behandelt.“

„Bei unserem Pensum muss ich befürchten, er wächst nach Innen."

„Schicke Hubertus regelmäßig zu mir. Ich werde dir einen Prachtkerl massieren."

„Danke, meine liebe Livia. Du bist unersetzlich."

Beide schauen der Massage von Adam zu. Livia mit ihrer Hand in Claras Schoß. Clara bei Livia. Die zittert gerade.

„Liebst du Hubertus?", fragt Clara.

„Bei Hubertus kann ich das volle Programm massieren. Er ist fast der dankbarste Kunde."

„Du musst mir mal zeigen, was du bei ihm Alles tust."

„Zu gerne. Aber schau mal bei Adam. Der hat noch viel mehr drauf."

Adam bringt Hubertus gerade zur zweiten Fontäne.

„Mein Gott", ruft Clara. „Das gibt ja Hotelmanager für den ganzen Ort."

„Und für den Nachbarort", fügt Livia an.

Hubertus wirkt auch kein bisschen schüchtern. Er nimmt Adams Schwengel und bringt den zu Freudentränen. Zu reichlich. Die Massagebank schwimmt bereits. Beide liegen in der Frucht ihrer Lenden. Adam ist begeistert davon. Er taucht die Finger in das Gleitgel. Damit bestreicht er sanft die Rosette von Hubertus.

„Soll ich ihn dir mal rein stecken?"
„Das können wir mal probieren."
Zwei Mal muss er das zu Adam nicht sagen.
Clara sieht das. Sie kommt schon wieder. Livia
auch. Gemeinsam.
„Ich hätte nie gedacht, dass mich das mal scharf
macht", stöhnt Clara.
Livia wackelt mit dem Doppelten in Claras
Muschi und Rosette.
„Dann noch dieses Edelteil", stöhnt sie. Ihr Kinn
schlägt schon wieder auf die Brust. Die Zitzen
sind steinhart und dunkelrot. Mit einer Hand
prüft sie die Festigkeit. Sie rollt die Knospen
zwischen Daumen und Zeigefinger, als wöllte sie
eine Milchgabe vorbereiten. Livia hat ihr den
doppelten Dildo verkehrt herum platziert. Das
dicke Ende steckt jetzt im Po Claras. Clara
verzieht leicht das Gesicht.
„Nicht so tief", bettelt sie.
Livia bemerkt ihren Fehler. Sie nimmt den
Ersatz. Den findet Clara bedeutend anregender.
Clara nutzt die Gelegenheit, Livia mit einem
Vibratorstab zu beglücken. Der kitzelt
gleichzeitig auf ihrem Bauchnabel.
„Wir müssen mal eine schöne Neun und Sechzig
machen", flüstert Livia.
„Oh ja" gibt Clara zu. Sie weiß, wie sie Livia

zusätzlich erregen kann. Livia ist wie Etela. Sie liebt das samtig - weiche Fleisch an Claras Oberschenkeln. Clara rechnet mit reichlich Orgasmen Livias. Die Zuschauer werden es danken.

Per Chat kommen die ersten Aufforderungen. Clara erschrickt leicht bei dem Spektrum. Von Dehnen mit Riesendildos bis hin zu dreißig Zentimeter Tiefe, ist Alles dabei. Clara muss mehrmals deutlich ablehnen.

„Wir zeigen schönen genussvollen Sex; keine Quälereien. Das finden Sie sicher auf einem anderen Kanal.“

Der Hoster meldet sich entschuldigend.

„Ich sperre diese Verbindungen.“

Die Zwei bedanken sich. Keiner hat ein Interesse daran, nach einer Vorstellung, zwei Monate lang ärztliche Behandlung mit Ruhe zu benötigen.

Das ist auch keine Erotik.

Sie bemerken aber, die Nachfrage dieser kranken Kultur wächst.

„Die betteln förmlich nach KZ und Krieg“, sagt Livia. Clara bedankt sich küssend für den Kommentar.

Vier Stunden sind um. Jede der Zwei hat um die zehn Orgasmen bekommen und sie lautstark vorgeführt. Die Forderungen nach Scheiße und

Pisse haben sie verbannt. Die Verbindungen wurden deaktiviert. Selbst die kriminellen Wünsche nach jüngeren Modellen, haben Alle abgelehnt. Einige haben sogar ziemlich beleidigt reagiert.

Die Mannschaft trifft sich geschlossen, nach dem Duschen, beim Essen. Der Tag wird umgedreht. Es gibt Kaffee und Kuchen. Bis zum Abendessen, gehen Alle zur Ruhe.

In Etelas Zimmer treffen sich Karinka, Selma und Etela. Alex schneidet mit Hubertus die Filme. Wie gewohnt, helfen sie sich untereinander beim Duschen. Die folgende Bettruhe nutzen sie, um neue Pläne zu schmieden.

Zum Abendessen werden sie bereits von Clara und Hubertus erwartet. Beide haben ihre Feiertagskleidung angelegt.

„Wir haben Etwas zu feiern", sagt Hubertus zur versammelten Mannschaft. „Bei den Einnahmen, die wir heute im Vergleich zu gestern, verdoppelt haben, sind wir am Wochenende fertig mit Bezahlen."

Es gibt heftigen Applaus. Belo serviert Sekt. Tim kommt mit der ersten Vorspeise.

„Heute gibt es ein Fünf – Gang – Menü."

Karinka freut sich besonders. Clara hat ihren Eltern zwei Tausend überwiesen.

„Rufe zu Hause an", sagt sie. „Deine Eltern wollen sich bedanken."

Daniela und Robin freuen sich ganz besonders.

„Ab Montag sind wir dann dran. Bei den Einnahmen gehen wir davon aus, am folgenden Wochenende bezahlt zu haben."

Die Freude wird größer. Alle bekommen einen Abschlag. Steuerfrei. Trinkgeld.

„Wir könnten diesen Abend etwas tanzen", ruft Etela. „Ich habe eine Ewigkeit nicht mehr getanzt."

„Du hast doch erst vor einer halben Woche heftig getanzt", antwortet Slavo.

„Das ist eine gute Gymnastik für uns", sagt Theo.

„Dann wirst du etwas lockerer", scherzt Barbara. Theo kommt ihr immer etwas verkrampft vor. Sie liebt Theo.

Nach dem Tanzabend verabreden sich alle auf morgen. Die neuen Partnerschaften sind vergeben. Clara möchte sich unbedingt wieder mal mit Etela und Karinka treffen. Ihr Wunsch geht in Erfüllung.

Werner und seine Lea wollen zukünftig mit machen. Lea hat das arrangiert. Werner bekommt eine Maske. Die zwei Hausgäste von Clara, Elin und Maria, wollen auch mitspielen. Langsam geht ihr Urlaubsgeld zu Neige. Ihr

Geschäft mussten sie wegen der Pandemie auch schließen. Sie bekommen ein Zimmer für sich.

Die Zwei treten als Paar auf.

„Wir wollen nicht fremd gehen", sagt Maria.

„Wir sind keine Fremden", antwortet Clara. Elin muss lachen.

Daniela wollte gern mit ihren Hausgästen reden. „Vielleicht wollen die auch mitmachen? Mal sehen."

Das Paar ist ein älteres Paar. Clara erwartet auch da Interesse. Alex hat das angedeutet.

Alex hat zehn Konten eingerichtet. Auf verschiedene Namen.

Ganz nebenbei, fällt Daniela noch Olivia ein. Olivia ist eine hübsche Vertreterin des regionalen Großhändlers. Mit der Schließung der Gastronomie ist die Frau nahezu arbeitslos geworden. Wie üblich in der Branche, arbeiten Vertreter auf Provisionsbasis. Oft fahren sie mit geliehenen Autos. Ein Häuschen hat sie sich auch gebaut. Jetzt hat sie Angst, ihr Haus zu verlieren. Daniela hat ihr versprochen, zu helfen. Die Hilfe kann aber in Danielas Situation, wirklich nur bescheiden ausfallen.

Alle einigen sich, die neuen Kandidaten am kommenden Abend genauer kennen zu lernen. Am Sonntag des Wochenendes, haben sie das

Geld für die Ablösung des Darlehens zusammen. Die Feier ist ausgelassen. Maria und Elin freuen sich besonders. Sie haben zwei Mal den Tagesrekord von Adam und Belo gebrochen. Die neuen Mitglieder, Georg und Paula, Danielas Hausgäste, erfreuen sich eines regen Zulaufes. Olivia hat mit ihnen zusammen gedreht. Olivia hat ziemlich hohe Zuschauerzahlen. Ein hübsches Kind mit wirklich feinen Brüsten. „Immer, wenn ich sie sehe, läuten bei mir die Glocken", sagt Hubertus.

Als neuestes Projekt nehmen sich Alle vor, den Hotelgarten zu bebauen. Sie möchte sich nicht nur Gemüse, Früchte und Kräuter anbauen. Die Belegschaft möchte sich das Gelände in einen Freizeitpark umwandeln. Das Badebecken soll zentraler Bestandteil werden. Zwei Tennisplätze hat Clara schon angelegt bei ihrem Umbau. Die Lage am Waldrand macht es den Freunden leichter. Die Lieferdienste ziehen die Aufmerksamkeit der örtlichen Behörden auf sich. Und nicht nur die. Auch die Fiskalbehörden richten ihre Aufmerksamkeit auf das Tun in diesem Hotel. Alle Hotels melden erhebliche Verluste. Ausgerechnet die Lange Route und das Bergtreu scheinen Gewinne zu schreiben. Die

Ablösung des Darlehens haben das Interesse geweckt.

Gerade als Rosa die Rezeption besetzt, bemerkt sie die Bewegungen von einem halben Dutzend Fahrzeugen. Polizei und ein Auto mit dem Tiroler Hoheitszeichen. Sie gibt Alarm. Alle stellen ihre Tätigkeit ein. Schnell wird geräumt, was zu räumen geht. Eigentlich ist das nutzlos. Die Behörden haben schon Aufnahmen im Internet kopiert. Der Friede scheint gebrochen. Hubertus und Clara werden vernommen. In einem Extrazimmer. Mitschnitte werden angefertigt. Kontobelege wandern über den Tisch. Es gibt ernst zu nehmende Drohungen. Robin hat zum Glück etwas gelernt bei seinem Rechtsstudium. So haben sie auch die Server gewählt, bei denen sie gehostet sind. Alles nicht angreifbar.

Das Gesetz würde die Produktion von ihrem Freizeitspaß verbieten. Vor allem, das Gewerbliche. Die Beweise fehlen. Hubertus macht auf das Trinkgeld aufmerksam. Robin bekräftigt das.

„Was in meinen Hotelzimmern passiert, liegt nicht in meinem Verantwortungsbereich", sagt Hubertus. „Für die Zeit der Buchung, ist das die Privatwohnung des Mieters."

Selbst mit Mediengesetzen wird gedroht. „Privat ist privat", antwortet Robin.

Die Behörden versuchen jetzt, die beteiligten Personen einzuschüchtern. Robin übernimmt die Vertretung. Teilweise droht Robin etwas kindisch zurück. „Sie haben ja nicht mal Masken auf." Promt kommen die Beamten am folgenden Tag maskiert.

Barbara steht am kommenden Tag Wache in der Rezeption. „Ist das ein Überfall?"

Robin hat sich entschlossen, jedes Gespräch aufzunehmen. Die installierte Technik von Alex erlaubt das. Alle warten gespannt auf einen Fehler seitens der Beamten. Jeden Abend werten sie die Daten aus. Alle sind traurig, weil sie jetzt schon vier Tage Sendeausfall haben. Ihre Kunden werden sich andere Portale suchen. Zum Glück hat Alex pausenlos die Mitschnitte laufen.

„Wir produzieren Speisen und verkaufen die mittels Auslieferung", sagt Clara. Eine Steuerpflicht entsteht. Jetzt wird ihr Geschäft legal.

„Das wollten die eigentlich erreichen", sagt Hubertus.

Alle sehen das ein. Jetzt ist wieder Ruhe im Betrieb. Sie können wieder arbeiten.

Selbst die Videokonserven haben gute Erlöse eingespielt. Daniela hofft weiter. Die Hälfte ist zusammen gekommen.

„Jede Krise erzeugt Gewinner. Uns ist es lieb, wir gehören dazu", sagt Hubertus.

Mit den neuen Modellen ist es der Gruppe gelungen, die Darlehen von Robin und Daniela, binnen einer Woche abzulösen. Und das trotz Stillstand.

Die Feier ist die Krönung. Alex heiratet Selma. Schon nach einem Monat nennen sich die Mitglieder, Medium – Millionär. Nach einem viertel Jahr, feiern sie ein Millionärstreffen.

Jarosch heiratet Karinka. Tim heiratet Livia. Lina geht zurück zu Nico. Sie heiraten auch. Karinka berichtet das nach Hause. Papa Fedor und Mama Hana haben sich das Haus etwas verschönert. Sie haben ihren eigenen Brunnen erhalten. Dazu haben sie eine Klärgrube gebaut. Nach neuesten Standards. Fedor plant schon, aus dem Brunnen, Mineralwasser zu ziehen.

Nach einem Jahr dürfen Karinka und ihre Kollegen nach Hause fahren. Der kleine Ort hat eine Feier organisiert. Karinka und ihre Kollegen werden als Helden gefeiert.

Auf die Frage, ob sie das Geschäft weiter führen

wollen, antworten Karinka und Etela: „Ja. Aber am liebsten, zu Hause."
Clara, Daniela und Alex haben ihnen Hilfe versprochen.

Nachwort

Im zweiten Teil von Karinka
möchte ich Ihnen die Entwicklung
zu Hause
beschreiben.
Natürlich auch von den Beziehungen
zu den zwei Familien
der Hotels in Österreich.
Die Kollegin in
Südtirol wird dann die
Hauptfigur
und damit auch
der Namensgeber des
zweiten Teiles

Gelika

Meine kommenden Projekte
Die kommenden Bücher,
die ich bereits in Arbeit habe, sind
Die Sparsame Küche
Das wird eine Serie mit Tipps zu
unterschiedlichen Küchenthemen
Alles rund?
Ein Buch über Klöße und Knödel der Sparsamen
Küche
Einfach Eintopf
Die Basis von hunderten Eintöpfen
aus der Sparsamen Küche
Einfach Mensch
Kurzgeschichten von einfachen,
fleißigen Menschen
**Fortsetzungen von Joana
und Karinka**

Bleiben Sie mir bitte treu
KhBeyer

© 2023, Kh Beyer
Herstellung und Verlag:
BoD – Books on Demand, Norderstedt
ISBN: 9783755756293